KB121706

다 함께 살아가는 길

효암曉岩 김영태金永泰 시문선詩文選

어문학사

목차

즐거운 여행과 구경거리

가족과 함께 한 유럽 여행

모임에서나 관광 명소에서
매일 많은 사진을 찍는데,
즐거운 얘기를 되새길 수
있는 멋있는 사진은 드물다.

수십 년간 찍은 수천 장의
사진 가운데에서 골라보면,
헤이그의 마두로담 소인국에서
큰 신을 신은 아내 사진이 걸작이다.

팔순을 축하하러 가족이 모였다.
첫째 아들이 있는 프랑크푸르트로.
둘째 아들 가족은 미국에서 오고,
우리 내외는 암스테르담으로 날았다.

하이델베르크성 창고에 있는
거대한 술통 위로 올라갔다.
5만 8천 갤런(갤런 = 약 4리터)을
이 통에 저장할 수 있다 했다.

마두로담 소인국에서 큰 신을 신고 선 아내

독일 하이델베르크성의 거대한 술통 위에서

백서른 쪽의 오크 재로 만들어
술통으로는 거의 쓰지 못하고,
관광 대상으로 인기가 치솟는다.
통 위에 선 우리는 입을 다물지 못했다.

"황태자의 첫사랑"에서
칼Karl왕자와 캐시Käthie의
애절한 사랑에 감읍했었다.
합창으로 술 마시자 노래하면서.

다음으로 찾아간 곳이 "로렐라이Die Lorelei"
라인Rhine강에 솟은 132m의 험한 바위인데,
하이네Heine의 시와 질허Silcher의 곡이 어울린
로렐라이의 환상적인 노래로 유명하다.

"옛날부터 전해오는 쓸쓸한 이 말이
가슴속에 그립게도 끝없이 떠오른다.
구름 걷힌 하늘 아래 고요한 라인강,
저녁 빛이 찬란하다. 로렐라이 언덕."

(독고선 역시)

Ich weiß nicht, was soll es bedeuten,

Daß ich so traurig bin,

Ein Märchen aus uralten Zeiten,

Das kommt mir nicht aus dem Sinn.

Die Luft ist kühl und es dunkelt,

Und ruhig fließt der Rhein;

Der Gipfel des Berges funkelt,

Im Abendsonnenschein.

(Heinrich Heine, 1822)

9

울창한 숲 너머로 '신 백조 석성新白鳥石城'이 우뚝.
루드비히 2세Ludwig II가 린델호프Linderhof성에
추가한 로마네스크 양식 고식 첨탑이 있는 성이다.
디즈니Disney의 잠자는 공주의 성은 이를 본땄다.

독일을 지나서 스위스와 오스트리아에
접경한 리히텐슈타인Liechtenstein으로 진로를 바꿈.
3만 7천 명의 유럽 네 번째 작은 나라.
시내에서 잠자는 나체 여인상이 반긴다.

루체른Luzern의 호반 리조트에서 밤을 지내고
톱니바퀴 철도로 필라투스Pilatus산에 올랐다.
용이 모든 생물을 반기며 입김을 쏜 듯
산꼭대기에 짙은 안개가 쫙 끼였다.

폰티우스 필라투스라는 로마의 총독이
필라투스산 동굴 앞에 보초 서다가
필라투스 호수에 빠져 죽었다고 한다.
산을 내려오면서, 썰매 타기를 즐겼다.

저자가 새 백조 석성_{Neu Schwan Stein Schloss} 앞에서 만세를 부르고 있다.

임진각臨津閣

임진각 역은 서울에서 53km, 개성에서 22km로,
군사분계선軍事分界線에서 7km밖에 안 된다.
1972년, 남북 공동선언의 발표 후, 한국이 관광지로
개발했다. 분단된 조국을 통일하자는 염원으로.

기념탑, 기념관 등 유적이 많은데, 그 가운데서도
1950년의 한국전쟁 이후 막힌 경의선 철교 위에
서 있는 녹슨 기관차가 볼 만하다. 언제쯤
남북을 기차로 왕래할 수 있게 될 것인가?

임진강 전망대에서 북쪽을 바라보면
철조망 너머에 고요한 산야만 보인다.
남쪽의 평화로운 마을과 유원지, 음식점,
선물 가게가 있는 곳을 남녀노소가 다닌다.

자유의 다리 난간에 밝은 색깔의 리본이 매어 있는데,
이북에 있는 이산가족과 다시 통합되라는 글도 있고,
전쟁으로 분단된 민족 통일에 대한 숙원이 담겨 있다.
임진각 맞은편에 제사를 지낼 망배단望拜壇이 있다.

철길에 버려진 기관차

관광지의 변두리에 1983년에 순직한 열일곱 분 성함을
새긴 동판을 붙인 17m 높이 아웅산Aung San 순국 위령탑이
있다. 휴전선에 가보려고 매표소에서 제3호 땅굴, 휴전선
극장, 도라 전망대, 기차역을 세 시간에 도는 표를 예약한다.

휴전 전후를 통해 전쟁과 테러로 많은 희생이
있었는데, 자유와 평화를 포기할 수 있겠는가?
한국전쟁에서 수백만이 죽고 아직도 유해를 찾고
있는데, 어찌 대량살상무기로 전쟁을 또 하려는가?

미얀마 아웅산 순국 외교사절 위령탑

국립 서울 현충원顯忠院

벗꽃이 만발한 포근한 봄날에
아내와 국립 서울 현충원에 갔다.
내 어릴 적 단짝과 아내의
사촌 동생에게 성묘하려고.

내 단짝 친구는 강인희姜仁熙 농림수산부 차관.
1983년에 아웅산 폭탄 사건으로 순직했다.
미얀마Myanmar로 떠나는 날, 전화로 다시 만나자
했는데. 비통하게도 하늘나라로 가 버렸다.

한국이 식량부족을 겪고 있을 때, 강 차관은
만날 미국 쌀을 확보하는 일이 힘들다고 했다.
적어도 이 년 전에 예약을 해야 쌀의 공급이
순조로운데, 수급의 예측이 어렵다고 했다.

아내의 사촌 동생은 1965년에 홍천으로
구원 가서 돌아오는 길에 사고로 순직했다.
우수한 군의관으로 육군 대위였다. 그래서
멋진 병원을 세우려던 가족의 꿈이 무산되었다.

U자형으로 생긴 1,430,000㎡의 멋진 묘지가
꾸불꾸불 흐르는 한강을 바라보는 동작지구로
빠지면서, 남서쪽의 언덕에서 북동쪽의 평지로
펼쳐져 있다. 여기에 16만 5천 구를 모셨다.

한국에서는 많은 사람들이 풍수설을 믿는데,
도교道敎 같은 중국 철학을 한국에서 발전시킨 것.
우주, 대지, 인간을 통제하는 보이지 않는 힘을
얻게 되는 명당자리 잡으려 사람들이 다퉜었다.

제일의 명당은 거룩한 산줄기에 이어져야 한다.
언덕에서 평지로 펼친 땅 양쪽에 숲이 자라고,
공작이 날개를 편 아래로 좌청룡左靑龍, 우백호右白虎가
묘지를 수호하는 형태가 이뤄져야 좋다 했다.

국립 서울 현충원은 관악산冠岳山을 정상으로 하여
두 줄기 능선이 북동으로 뻗어 한강에 멈춘다.
문화유산 54호인 안씨 부인의 묘지를 끼고
네 분의 한국 대통령 묘소(264m²씩)가 있다.

장군묘는 26.4m^2, 장교와 병사 묘는 3.3m^2 크기인데,
채명신蔡命新 장군은 장군 용 넓은 묘역을 사양하고
베트남 전쟁에서 죽은 병사들과 함께 묻히겠다
유언했다. 사람마다 그의 인품을 칭송한다.

현충원에는 많은 지도자와 외국인이 조문을 온다.
1956년에 유월 육일을 현충일로 정하여 한국의
자유와 번영을 위해 싸움터에서 돌아가신 용사들과
애국자를 추념한다. 오전 열 시에 일 분간 묵념으로.

한적한 현충원의 큰길에 자동차가 곁을 지나간다.
우리는 초등학교 동창과 사촌 동생 묘지까지 걸었다.
성묘를 마치고 아래쪽 현충탑과 입구로 내려가며,
겹겹의 벚꽃이 흩날리는 속을 만 이천 보를 걸었다.

국립 서울 현충원 조감도. 현충원 제공

비빔밥과 냉동 요구르트, 프로요

2017년 9월에 웹스터Webster 사전이 250개 새 단어와
새 뜻을 실었는데, 비빔밥과, 프로요가 들어있다.
이 두 가지 식품에 얽힌 사연이 많은 사람이라,
세계적으로 인정된 사실이 반가워 이 시를 쓴다.

비빔밥은 한국 음식 가운데 가장 인기가
좋은 요리 가운데 하나로, 따뜻한 쌀 밥과
고추장으로 버무려진 채소와 얇게 썬 쇠고기를
비벼서, 가운데 달걀 노른자 프라이를 얹는다.

2011년에 "CNN 여행"이 이를 세계 50대
선호 음식 가운데 40등으로 매겼다.
비빔밥은 대한민국 대통령이 제공하는
정찬의 주요 식단의 하나에 들어있다.

2017년에 트럼프Trump 대통령이 문文 대통령을
캐롤라이나 금쌀 비빔밥과 생선조림으로
대접했다. 두 나라의 우호관계를 돈독하게
보이려고 주최 측 정찬의 차림표에 넣었다.

비빔밥

비빔밥은 옛날부터 조상에게 드린 제삿밥을
자손들이 비벼서 함께 먹음으로 시작되었다.
여러 가지를 비빈 식사라 만들기가 쉬워서,
농부도 논밭에서 일하면서 비빔밥을 즐겼다.

비빔밥에서는 색색 가지 식재를 곱게 비빈다.
서쪽의 하얀색은 쌀, 콩나물, 두부, 무.
동쪽의 초록색이 오이, 시금치, 그리고 상추.
북쪽의 검은색은 버섯, 검은 고사리와 김.

남쪽의 빨간색은 고추, 당근, 그리고 대추.
중앙에 노란색으로 달걀 노른자를 얹어,
참기름, 깨소금, 간장으로 간과 맛을 맞추고,
붉은 고추장과 육회를 얹어 입맛을 돋운다.

한국인이 믿는 다섯 가지 원리가 들어있다.
서백호西白虎, 북흑구北黑龜,
동청룡東靑龍, 남주작南朱雀,
세상 한가운데 있는 황토黃土.

비빔밥도 여러 가진데, 전주는 곰탕으로
유명하고, 진주는 육회와 불고기를 얹으며,
통영은 참치, 문어, 연어 등 해산물을 섞는다.
절에서는 산나물 비빔밥과 돌솥에 누룽지다.

칠천 년 전쯤 메소포타미아, 중동, 인도에서
요구르트가 유행했다. 이스라엘의 아브라함이
매일 들면서 오래 살고 건강했다. 그리스인과
불가리아인이 여러 가지 요구르트를 개발했다.

미국은 1900년대에 프로요를 후식으로 삼았다.
두 가지 발효균이 4천 년 전부터 인기 있는
불가리아 요구르트를 만든다. 그리스산은
몸에 좋은 미생물로 면역력 높이고 복통을 줄인다.

요구르트는 어린이 성장에 필요한 칼슘을 공급하고,
어른들의 골 다공질骨 多孔質을 막아준다. 비타민 B12로
적혈구를 만들고, 두뇌기능의 활성화, DNA 합성,
혈압을 내릴 칼륨, 갑상선 정상화 요오드를 생산한다.

더 맛있게 하려면, 요구르트의 크림 상태 몸통 위에
딸기, 레몬, 바나나 같은 고단위 단백질을 첨가한다.
요구르트를 다섯 시간 숙성하여 인체에 이로운 균을
양성한 뒤, 인도의 신들처럼 후식으로 먹는 게 좋다.

모쪼록 한국에서 오는 비행기에서 비빔밥을 들고
아이스크림 대신 프로요로 새로운 기운을 차리자.
꿀 같은 영양분과 당분이 균형 잡혀 있으니
비만과 질병에 걸리지 않고 건강을 증진하게.

원 월드 트레이드 센터One World Trade Center
정상에 선 투키디데스Θουκυδίδης

원 월드 트레이드 센터*의 102층에 있는

전망대에서 방대한 맨해튼 전경을 전망할

수 있다. 입구에서 보안 점검을 마치면,

엘리베이터로 전망대에 47초면 올라간다.

이 마천루는 원래 여섯 개의 세계무역센터 건물이

있던 곳에 새롭게 건축되었다. 2001년 9월 11일에

테러범들이 북쪽과 남쪽의 타워를 오전 8시 46분과

9시 3분에 여객기를 몰아 파괴하고 말았다.

9.11 기념관 앞 분수대 주변의 대리석 판에 새긴

엘지에 근무하던 42세의 구본석 씨 이름을 보고

---

*   원 월드 트레이드 센터One World Trade Center, 1WTC 혹은 제1 세계
    무역 센터는 미국 뉴욕주 뉴욕 시 맨해튼의 구 세계무역센터가 위치해
    있었던 자리에 재건한 타워 건물이다. 설계자는 2002년 8월 컴페티션에
    제출된 7개의 후보안 중 당선된 다니엘 리베스킨트이나, 토지소유자인 뉴욕
    뉴저지 항만공사와, 구 세계무역센터를 항만공사로부터 장기 리스한 부동산
    개발업자 래리 실버슈타인, 치안담당기관 등의 요청에 의해 2004년 7월
    최초의 설계안으로부터 대폭 변경되었다. 별칭은 프리덤 타워이며, 약칭은
    1WTC이다.
    2013년 5월 15일 첨탑 설치가 완료되었고, 2014년 11월 3일 첫 입주가
    시작되고 개장함으로써, 프리덤 타워는 미국 내에서는 최고층 건물이
    되었다.

그분의 영면을 기원하면서 애도에 잠겼다.

명판에 삽입된 흰 장미꽃이 눈에 시려 고마웠다.

9.11 비극을 애통해 하면서, 그래엄 앨리슨Graham Allison

교수가 언급한 투키디데스 함정에 대하여 다시 생각해 보았다.

앨리슨 교수가 인용한 바에 의하면 투키디데스는 발견했다.

맞서는 국가의 지도자들의 좌절감 때문에 전쟁이 난다는 것을.

심각한 비핵화 문제를 다룰 2018년 6월 12일

북미 정상회담을 앞두고, 중미 무역전쟁의 추이를

보면서, 각각의 협상에 임하는 양쪽 국가들의

지도자가 갖는 긴장과 낭패감이 걱정된다.

어떤 차질이 나더라도 전쟁은 피해야 한다.

폭력에 호소하면 전체가 파멸하고 만다.

협상하려면 마음속에 작은 여유라도 마련해야 한다.

좋은 결과를 얻으려면 성실과 인내를 포기하지 말고.

뉴욕의 원 월드 트레이드 센터

평창平昌 동계올림픽

1. 서곡

평창에서 23회 동계올림픽을
개최하기로 한 지 7년이 지났다.
세계적으로 이름난 아름다운 후보지와
두 번이나 경쟁에서 밀린 끝에.

한국의 첫 번째 스키 시설인 용평龍坪 휴양지가
1974년에 평창平昌에 마련되면서, 이곳은 2014년에
세계에서 최고의 스키장으로 선정되었다. KTX로
서울에서 평창까지 한 시간밖에 걸리지 않는다.

2011년 국제올림픽위원회 회의에서 피겨 스케이트 선수
김연아金妍兒가 다음과 같은 말로 세계를 감동시켰다.
"이제야 새로운 지역에서 다른 운동선수와 함께 겨룰 기회를
갖겠다는 제 꿈이 2018년 평창올림픽에서 이뤄지게 됩니다."

김연아의 꿈에는 동계 스포츠에 익숙하지 못한
세계 학생들의 훈련장을 연중 내내 제공하여
강원도의 새로운 명소를 만드는 것이 들어 있을 것이다.

세계 제일의 동계 스포츠 선수를 이곳에 모아서.

"하나된 열정"이라는 슬로건으로 언제 어디서나 모든 세대가
참가할 수 있으며, 동계스포츠를 지속적으로 확산하려고,
92개국*의 선수 1,922명이 15종** 102경기를 서울에서
189킬로 떨어진 곳에서 17일간 치렀다.

2017~2018년의 북한 대륙간 탄도탄과 대량 학살 무기의
위협 속에, 프랑스와 독일, 심지어 미국마저 불참할지 모르는데,
남북한이 행사의 안전을 보장하는 합의를 했다.
남북의 선수단이 한반도 기를 들고 입장했다.
101일간의 여정으로 칠천 명이 성화 봉송에 참가했다.

---

*   참가국: 미국(242), 캐나다(226), 스위스(169), 러시아선수단(168), 한반도
    통일 팀(35), 조선인민공화국(10), 대한민국(122)(주최국), 독일(156),
    일본(124), 이태리(122), 스웨덴(116), 노르웨이(109), 프랑스(107), 핀란드(106),
    오스트리아(105), 체코공화국(95), 중국(81), 슬로베니아(71), 폴란드(62),
    영국(58), 슬로바키아(56), 오스트레일리아(51), 50명 이하 출전 각국

** 15 종
    설상경기 7종: 알파인 스키, 비아틀론, 크로스 칸추리 스키, 자유형, 노르딕
            콤바인, 스키 점핑, 스노우보드
    빙상경기 5종: 쇼트 트랙, 스피드 스케이팅, 피규어 스케이팅, 아이스 하키, 컬링.
    슬라이딩 스포츠 3종: 경기용 썰매, 루지, 스켈톤

한국인 모두가 이 행사로 영원한 평화를 이룰 수 있는
길이 열릴 것으로 열망했다. 핵과 유도탄으로 얼룩진 재난을
막고 극동의 번영과 화목이 이루어지기를 바랐다.

2. 개막식

드디어 2010년 피겨 스케이팅 금 메달리스트이고 2014년은
메달리스트인, 김연아가 그리스에서 점화한 성화를 받아
영예롭게 성화대에 점화하려 입장했다. 가파른 얼음 층계 정상에
마련된 빙판에서 관중을 내려다보며 스케이트를 했다.

선수대표단이 기수를 따라 각자 특유 복장으로 입장했다.
러시아 선수단만이 금지 약 복용으로 OAR* 표지 아래 들어왔다.
242명의 미국 선수단은 동계올림픽 사상 최대 규모로
싸이가 "강남스타일"을 부르는 가운데 경기장에 입장했다.

---

* OAR (Olympic Athlete from Russia): 러시아는 국가주도 도핑스캔들로 인해
  2018년 평창동계올림픽 출전이 금지되었다. 그래서 러시아 선수들은 개인
  자격으로 평창올림픽에 참가하게 되었다. 유니폼 역시 러시아라는 이름을 쓸
  수 없고 다른 디자인의 유니폼을 입었다. 메달 시상식에도 러시아 국기 대신
  오륜기가 게양되며, 개막식 입장에서도 역시 오륜기가 펼쳐졌다.

뮤지컬 "난타"로 유명한 송승환宋承桓이 개막식을 주재하는데,
다섯 명의 어린이가 올림픽의 오륜을 상징하면서
단군신화의 "웅녀熊女"와 고구려 "벽화" 수례를 선도했다.
하늘 높이 1,218개의 드론drone과 불꽃이 축하를 한다.

금기숙˙교수가 만든 우아한 옷을 입은 여인들이 메달을
갖고 나타나자, 산타클로스 할아버지와 태극기를 연상하는
하양, 파랑, 빨강, 까만색의 조화가 관객들의 시선을 끌었다.
한국 전통 겨울 의상과 모자를 보고 디자인한 의상이었다.

삼성, 한국통신, 인텔이 5세대 통신5G를 멋지게 선보였다.
관객이 동기화 보기, 전체 보기. 대화형 타임 슬라이스,
증강현실AR 및 가상현실VR을 써서
모든 행사와 경기를 경험하며 즐길 수 있게 했다.

---

*   금기숙 홍익대 섬유미술패션디자인과 교수가 개회식에서 피켓요원의 의상
       디자이너로 참여했다. 겨울왕국 요정 자태로 전 세계인 눈길 사로잡은 피켓
       요원들의 화려한 의상은 변형한복의 아름다움을 뽐냈다.

경기 관람석을 비롯한 여러 곳에서 귀빈들*이 갈채를 했다.
잠시나마 긴장된 관계를 풀고 식사하면서. 국제올림픽위원회의
토마스 바흐Bach 위원장이 찬양했다. "함께 행진하면서, 평화로운
미래를 이루자는 신념을 함께했습니다."

3. 달리고, 스케이트 하고, 스키 하며, 뛰고, 날고, 부딪치고, 갈채하면서

노르웨이 팀이 39개의 메달을 휩쓸며 동계 올림픽의
강국임을 자랑했다. 그 뒤를 독일, 캐나다, 미국, 네덜란드,
스웨덴이 이었다. 한국은 17개**의 메달로 7위를 차지했다. 스피드

---

*   개막식에 참석한 귀빈: 캐나다 쥘리 파예트 총독, 중국 중앙정치국상임위원
한정(韓正), 독일 프랑크발터 슈타인마이어 대통령, 일본 아베신조 수상,
대한민국 문재인 대통령, 북한 김용남 최고 인민 회의 상임 위원장, 김여정
조선 노동당 선전 부장. 영국 앤공주, 미국마이크 펜스 부통령, 유엔
안토니우 구테흐스 사무총장, IOC 토마스 바흐 위원장, 등등.

**   2018년 평창 올림픽에서 메달을 딴 한국 선수:

경기명	금	은	동	합계
봅슬레이	0	1	0	1
컬링	0	1	0	1
쇼트트랙	3	1	2	6
스켈리튼	1	0	0	1

스케이팅, 트랙, 컬링에서 좋은 성적을 계속해서 냈다.

러시아의 알리나 자기토바Zagitova 선수는 여자 피겨에서
239.57점을 얻어 올림픽 사상 두 번째로 어린(15세)
금메달 선수가 되었다. 멋있는 디자인, 뛰어난 스태미나,
정확한 도약과 젊은 힘이 받친 안전성으로 금메달을 땄다.

아이스 하키에서는 12개 팀이 겨루었는데,
관중 만석의 강능 하키장과 육천 석의
관동 하키장에서 치렀다. 러시아 선수단이
금메달이고, 독일 은메달, 캐나다가 동메달이었다.

같은 장소에서 여자 하키 여덟 개 팀이 경기를 했는데,
남북한의 역사적인 통일 팀의 젊은이들이 참가했다.
이들을 위해 특별 팀으로 편성이 허락되었는데,

경기명	금	은	동	합계
수노우보드	0	1	0	1
스피드 스케이팅	1	4	2	7

미국이 금메달, 캐나다가 은메달, 핀란드가 동메달이었다.

남북한 단일 여자 하키 팀은 게임마다 이기지 못했다.
정신적인 긴장과 정치적 부담 속에 두 골밖에 득점 못했다.
그러나 선수들이 짧은 기간에 하나의 팀으로 뛸 수 있었다.
세라 머리Sarah Murray 감독이 긴장을 풀려고 크게 힘을 써서.

북한은 22명의 선수와 180명이 넘는 응원단을 보냈다.
응원단은 북한 알파인 스키 선수가 꼴찌로 결승점을 통과할
때나, 여자 활강 경기, 단일 아이스 하키 팀, 피겨 스케이팅 페어
등 북한이 출전한 경기를 응원하며 박수갈채를 보냈다.

씨름 선수가 컬링이 1988년에 경기종목으로 채택되자,
마늘 산지인 의성 군에서 고등학교 동창들을 규합하여
한국 컬링 선수단을 세계적인 스타로 육성했다.
"마늘 여인들"이 은메달을 획득해서 컬링 열풍을 일으켰다.

철가면을 쓴 윤성빈尹誠彬이 트랙에 몸을 던져서 아시아
선수로는 처음으로 스켈레톤Skeleton에서 메달을 땄다. 엎드린

자세로 썰매타고 얼음 트랙을 빠른 속도로 미끄러져 내려와서.
팀원과 응원한 고향 친구들에게 엎드려 감사했다.

차민규車旼奎는 남자 500미터 스피드 스케이팅에서 노르웨이의
호바르 로렌젠에게 아쉽게도 0.01초가 뒤져서 은메달을 땄다.
최민정은 500미터에서 실격으로 은메달을 놓쳤다가,
1500미터 경주와 3000미터 계주에서 금메달을 땄다.

1988년생인 이승훈李承勳은 스피드 스케이팅 챔피언인데,
다섯 개의 올림픽 메달을 따서 팀원들을 열심히 이끌었다.
두 개의 금메달을 딴 뒤에, 경기장을 돌면서 가장 어린 팀원,
정재원의 손을 들어주며 훌륭한 팀워크를 격찬해 주었다.

타원형 스케이트 링크를 균형을 잡고 빠르게 활주하면서
다른 선수와 부딪쳐서 아수라장에 빠지는 선수가 있는가 하면,
반칙으로 실격이 되는 선수도 있었다. 최종 판정을
하기 전에 모니터 화면을 심판들이 신중하게 검토했다.

원윤종元潤鐘은 4인승 봅슬레이에서 네 명의 승무원의 420킬로

무게를 조종했지만, 독일과 동점으로 은메달을 땄다.
대부분의 메달은 장 단거리 트랙 경기에서 나왔다. (세개의 귬).
스노보드 남자 평행대회전 경기에서 이상호가 은메달을 땄다.

4. 폐막식
올림픽 폐막식은 삼만 오천 명이 넘는 관중들이 합창으로
숫자를 세면서 시작했다. "다음 파도"라는 주제로
가수, 무용가, 2011년에 태어난 어린이와 젊은이들이
서로 마주보며 앞을 다투어 줄을 지어 춤추었다.

장사익張思翼이 강원도 어린이들과 함께 애국가를 불렀다.
십삼 세 양태환이 기타로 비발디의 "겨울"을 연주하는데.
거문고 주자로 구성된 포스트 록 악단이
"소멸의 시간"을 연주하며 그 뒤를 따라간다.

올림픽에 참가한 선수들이 92개국 올림픽 위원회기를 든
기수를 따라 입장한다. 세상 사람들이 걱정하고 있는 것은
북한과 미국이 무조건 회담을 시작할 것인가에 대한 것인데
아무 일도 일어나지 않아 크게 실망하고 있다.

한마당에는 거북과 거대한 인형이 죽은 자를 지옥으로
호송하고 있다. 사람들의 사연을 신에게 전하려고.
씨엘CL과 엑소EXO가 단체로 공연한 뒤를 이어, 네델란드인 마틴
개릭스가 "영원히"와 "다 함께"를 넣은 음악을 연주했다.

올림픽 기를 내리면서, 평창의 심재국沈在國 군수가
IOC의 토마스 바흐 위원장에게 건넸다. 베이징의
첸진잉陳吉寧시장에게 전하도록. 중국 기를 계양하면서,
사람들은 "2022년에 베이징에서 만나자"는 노래를 불렀다.

판다 두 마리가 얼음을 타기 시작했다. 사람들은 용의 형태로
붉은 줄을 지어 섰다. 비디오로 시진핑 習近平 중국 주석이
환영사를 했다. 마침내, 토마스 바흐 위원장이
"새 지평을 여는 경기"라는 말로 폐막을 선언했다.

문재인文在寅 대통령은 영부인을 대동하고 식전에 참석했다.
그 뒤에 김영철 북한 노동당 부위원장이 웃지도 않고 앉았다.
미국 대통령 맏딸인 이반카 트럼프와 토마스 바흐 위원장이
군중을 향해 환성을 지르는 사람들에 합세했다.

5. 후기: 도전

운동을 통해 대립의 각을 세우는 세계에 평화를
초래할 수 있다. 평창 올림픽은 2년간 중단된 남북한의
대화통로를 회복시켜 주었다. 모든 사람이 대륙 간 탄도탄과
대량학살무기 문제가 해결되기를 바라고 있다.

평창 또한 동계 올림픽을 위해 건설한 시설이
유지되기를 원하고 있다. "흰 코끼리"처럼 쓸모없게
되지 않고, 한국과 세계 동계 운동 선수들이 몰려와
평창에서 겨울 스포츠 훈련을 할 연습장이 되었으면 한다.

모처럼의 화해 무드를 영원한 세계 평화로 발전시켜야
하는데, 방대한 시설투자와 운영비는 전 세계에서 자발적으로
모여드는 활짝 웃는 사람들로 이 지역의 정치적 안정이
보장된다면 큰 부담이 되지 않을 것이다.

서울 수도권 전철

서울 수도권 전철을 타보면 정말 기분이 좋다.
서울 수도권 전철은 코레일과 연결되어 어디든 갈 수 있다.
냉난방이 되어 있는 객차에서 승객들은 계절마다 온도가
조절되는 좌석에 앉아, 스마트폰으로 비디오를 볼 수 있다.

서울 수도권 전철은 2013년에 CNN이 청결도, 편의성,
안전도에서 세계 제일로 평가했다. 모든 정거장과 객차에서 4G,
LTE, WiFi, DMB를 쓸 수 있고, 스크린 도어가 있어서 안전하게
타고 내릴 수 있다. 한국어와 영어로 환승이 쉽게 안내된다.

주요 역에서는 일본어와 중국어 방송이 따로 있다. 역마다 LCD
화면으로 도착하는 전차의 운행상황을 실시간으로 알려준다.
역마다 사람들이 T머니 스마트 카드를 사거나 충전할 수 있다.
이 카드는 버스를 타거나 상가에서 쇼핑할 때에도 쓸 수 있다.

65세 이상의 어르신은 무료로 승차를 할 수 있는데,
객차의 양쪽 끝에 마련된 경로석에서 편안하게 앉아
갈 수 있다. 젊은이들이 항상 자리를 연장자에게
양보하면서 다들 스마트폰을 보느라 정신없어 보인다.

날씨가 좋은 주말에, 서울 북쪽의 고궁, 덕수궁에서
창덕궁까지 찾아갔다가, 남산 타워에 올라가서
서울 중심가를 내려다보았다. 저 멀리 청와대가
보이는데 대통령과 보좌관들이 일하는 곳이다.

관광을 끝내고, 롯데 월드 타워를 찾았다. 강 건너 남쪽에
있는 롯데 월드 타워에서 명품도 사고, 맛있는 음식도
들며 포식한 끝에 즐겁게 상점가를 돌아보았다.
서울 수도권 전철을 타고 하는 나들이가 즐거웠다.

서울 덕수궁德壽宮 대한문大漢門

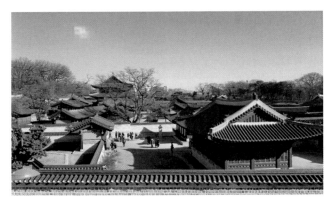

서울 창덕궁昌德宮

꽃 잔치

스무 해가 다 되도록 일산의 호수공원을 해마다 봄이 되면
찾아간다. 백만 평방미터의 방대한 지역에 공원을 만드는 일에
삼 년이 걸렸다. 처음 갔을 때, 쉬지 않고 호반을 거닐었다.
삼십만 평방미터의 일산호는 아세아 최대의 인공 호수다.

분홍빛으로 벚꽃이 만발한 호반에서 애인들이 짝을 짓고 즐긴다.
1997년 이후로 매년 국제 꽃 전시회가 열려 상춘객으로 붐비고
있다. 남쪽의 십오만 평방미터의 광장에 차려진 한국 고양高陽시
국제 화훼花卉 박람회에 35개국 350업체가 출품했다.

"한라에서 백두까지" 광장에서 평화의 여신이 왼손을 높이 들고
섰다. 이 여신은 세계 평화와 인간의 번영을 만천하에 선포하고
있는데, 예술가들이 5만 송이 꽃으로 15미터 높이로 세웠다.
감동을 한 관객들이 강풍을 무릅쓰고 빠짐없이 모인다.

또 하나의 조형물로 화려한 4만 송이 국화로 만든 소가 있다.
많은 꽃송이로 카우보이가 길들인 살찐 소 모양을 만들었다.
옆에 있는 두루미가 붉고 희고 노란 장미 속에 즐겁게 지낸다.
고양시 정원사는 갖가지 형태로 정원을 꾸며내는 장기가 있다.

일산호

평화의 여신상

제1호 세계 꽃 전시관에서 한국의 일대일로一帶一路를 나타내는
멋진 유라시아 철도를 꽃으로 그려 놓은 것을 볼 수 있다.
한반도에서 철도로 시베리아, 중국, 몽고, 베를린까지 가는 길이
북한이 비핵화에 동의하면 평화에 크게 이바지할 것이다.

제2호 세계 꽃 전시관에, 35개 국에서 그 나라 특유의 원예작물을
전시해 두었는데, 특종 화초를 판매하고 있다. 아쉽게도 시간이
없어 엄청난 숫자의 꽃 전시물을 다 즐기지 못하고 가뿐한
마음으로 집으로 돌아왔다.

시코구四國 여행

1. 첫날, 사적史蹟을 돌며

4월 8일 5시 10분, 김택호 회장 내외가 점보 택시로 우리를
인천 공항까지 태워 주시었다. 일본 열도 중 네 번째로 큰
시코구의 다가마쓰高松로 가는 서울 항공에 탑승하려고.
게이트 J에 프리씨이오 파트너 내외 아홉 쌍이 모였다.

가이드로 온 김혜경 여사와 함께 에어버스 A321에 탑승했는데,
8시 25분에 이륙해서 70분을 날아 다가마쓰에
10시 5분에 도착했다. 입국수속 시 거북했던 지문 검사를
마치고, 일행 19명이 마루이 관광의 고속버스에 올랐다.

야시마屋島 코스를 따라 1745년에 개발한 명승지인 리쓰린栗林(밤
나무 숲) 정원으로 가는 우리를 상쾌한 공기와 푸른 숲이 반겼다.
120분간을 여섯 개의 연못과 열세 개의 동산이 있는 정원을
거닐다가 키구게쓰데이菊月亭에서 녹말차로 갈증을 달랬다.

버스가 달리는 동안, 가이드가 시고구에 대하여 말했다.
부처님의 가르치심을 포교한 고보 대사弘法大師, 쿠가이空海
스님(774-835)과 겐페이源平 전국시대 (11-12세기), 오다-도요토미-
도구가와職田-豊臣-德川(16-17세기), 메이지 유신(1867~8).

혼슈本州 남쪽이자 규슈九州 동쪽에 위치한 시고구는 4개 지역인
카가와(사누기), 도구시마(아와), 고지(토사), 에히메(이요)로 되어 있다.
18,800평방킬로미터 지역(제주도의 열 배)에
380만 명의 사람들이 산에 막혀 남북으로 갈라져 살고 있다.

토사土佐는 사가모도료마板本龍馬 같은 근황 무사들이 메이지
유신을 주도한 곳이고, 이다가기다이스게板垣退助가 토사
자유민권 운동을 시작했다. 귀양 가던 지역이 일본의 근대화를
주도했으니, 특유의 문화와 풍속을 지닌 고장이다.

허기를 느끼고 사누기讚岐 우동을 들면서 아름다운
일본식 정원을 즐기려 야마다야山田屋에 들렀다.
벚꽃과 소나무가 국가 중요 문화 자산인 야마다야
건물과 정원을 예쁘게 에워싸고 있었다.

야마다야의 사누기 우동

오후에 버스로 야시마屋島 언덕 정상으로 올랐다.

야마도大和의 덴지덴노天智天皇가 663년 백제의 백강白江에서

패전한 후 당唐과 신라新羅에 대비해 야시마 성을 세웠다.

중국에서 온 간진鑑真 스님이 그 북쪽 끄트머리에 절을 지었다.

815년에 고보 대사가 그 절을 남쪽 끝으로 옮기고

십일 면 천수 관음보살상十一面千手觀音菩薩像

(자비의 여신)을 본당本堂에 모셨다. 이 절은 그 뒤에

순례자들이 여든네 번 째로 찾는 곳이 되었다.

야시마 절 앞에 있는 수호신守護神 너구리의 조각을 보면,

여든여덟 개의 절을 순례하는 것이 얼마나 힘든지 알 수 있다.

고보 대사도 안개로 길을 잃은 것을 대머리 너구리가 구했다

한다. 그래서 이를 집안과 장사가 잘 되게 해주는 신으로 모신다.

헤이게平家(서방)가 군사 기지를 야시마로 옮겼다.

겐지源氏(동방)가 야마도大和의 수도 교도에서 헤이게를 축출했다.

겐지의 미나모도노요시쓰네源義經가 기습하여,

헤이게는 안도구덴노安德天皇를 단노우라壇ノ浦에서 익사 시킨다.

구가이, 고보대사의 목상

너구리 석상과 함께 있는 이장규 회장

1185년의 야시마 전투에서 헤이게의 여인이
돛대 끝에 붉은 해를 그린 부채를 매달고
겐지의 무사들에게 활로 쏘아 맞춰 보라고 외치니,
나스노요이치那須与一가 나서서 쏘아 하늘 높이 날린다.

다음으로 뱃사람을 보호하는 곤피라金毘羅 산을 찾아갔다.
간지스 강의 악어로부터 사람을 보호할 불교 수호신을 모신 곳.
수백 년 동안 다산多産, 풍어豊漁, 번영繁榮을 빌던 곳.
1,368개 돌계단을 올라가려고 가게에서 지팡이를 빌렸다.

2. 시고구 헨로四国遍路

시고구 헨로가 흰옷에 지팡이를 짚고 야시마 절에 나타났다.
이분들은 종교적 수련이나 레저활동으로, 시고구 4개 현県의
험악한 산과 해안 1,400킬로를 돌아다니는 순례자들이다.
1200년 전 구가이가 영혼 정화와 좋은 업을 쌓으려 시작했다.

고보다이시가 입적한 뒤에, 추종자들이 헨로遍路가 되어 그의
유적을 찾아다녔고, 1899년초에 절 88개를 순례하기로 했다.

나스노요이치가 부채를 쏜다. 보스턴 미술관 온라인 자료

곤피라산에 오르려고 일행은 산 아래 가게에서 지팡이를 빌렸다.

절마다 다이시도大師堂에 고보다이시弘法大師를 모셨다.
오늘날 신도들은 60일을 걸어가거나 열흘을 차로 순례한다.

구가이는 744년에 가가와香川 젠쓰지善通寺에서 태어나 62세로
입적했다. 최고학부 태학에서 도교와 유교를 공부한 뒤, 산으로
들어가 불교를 수도하며 금욕적인 훈련을 하다가, 밀교密敎의
경전을 입수했으나 산스크리트어를 몰라 읽을 수가 없었다.

그래서 폭풍으로 위험천만인 바다를 건너는 견당사遣唐使에
합류하여, 당나라 장안長安까지의 험로에 올랐다.
밀교에 통달한 스승을 찾아 전국을 다니다가 희고惠果 스님을
만나 입문 허락을 받고, 2년 뒤 귀국하여 진언종眞言宗을 열었다.

사가텐노嵯峨天皇는 구가이에게 도지東寺를 최초의 밀교 보급처로
만들도록 일렀다. 구가이는 승려, 황족, 궁정을 다스리는
최고 지휘자가 되어, 밀교 종파 창시자, 토목 공사 기사, 시인,
서예가로 이름이 알려지면서 도지東寺를 준공했다.

헨로의 의상과 장비

고야산高野山에서 구가이가 입정入定한 지 86년 만에,
천황실에서 그에게 고보다이시弘法大師라는 칭호를
시호諡號로 내렸다. 시고구의 주민들은 순례자들에게
음식과 장비를 오셋타이라 하며 포시布施했다.

료젠지靈山寺에서 출발하여 아와阿波의 23사, 토사土佐의 16사,
이요伊予의 26사, 오구보지大窪寺에서 끝나는 사누기讚岐의
23사를 순례한다. 본존불本尊佛은 샤카釋迦, 아미다 阿弥陀,
다이니치大日, 지조地藏, 야구시藥師, 센슈간논千手観音.

5시 30분에 신가바가와新樺川 관광 호텔에 도착했다.
류머티즘과 피부병에 특효가 있는 알칼리 온천으로 유명하다.
호텔의 현관까지 가는 길가에 벚꽃이 만발하여 우리를 반겼다.
7시에 넓은 식당에서 일본식 가이세기懷石 요리를 들었다.

호텔 식당에서 드는 가이세기 저녁 식사

3. 둘째 날, 나오시마直島 미술관

선 포트에서 10시 14분에 출발한 페리 선으로 50분,
미야우라宮浦의 현대미술관을 방문했다. 1992년에 건립된
자연, 건축, 예술, 호텔의 문화 시설인데, 안도 다다오安藤忠雄가
베네(좋은)에세(있다)하우스(집)라는 이름으로 설계했다.

세도내해瀬戸内海의 베네에세 하우스 미술관을 방문한 뒤
지추미술관地中美術館으로 이동해서 클로드 모네Claude Monet의
수련水蓮 시리즈 다섯 그림을 감상했는데, 1926년까지의 프랑스
인상파 화가의 그림이 바로 우리의 시선을 끌었다.

캘리포니아 예술가인 월터 드 마리아Walter De Maria (1935~2013)가
꾸민 곳을 찾아갔는데, 시각에 따라 극적으로 변하는 공간을
보여주었다. 또 한 사람의 캘리포니아 출신 제임스 타럴James Turrell
(1943~)이 "열린 하늘"이라는 작품으로 광선을 예술로 표현한다.

여기서 걸어 내려가면 한국 현대 작가 이우환李禹煥
미술관에 이른다. 이우환 작가는 베네에세 하우스와
지추地中미술관 설계를 한 안도타다오의 건축들과

클로드 모네, 수련, 지추미술관
https://commons.wikimedia.org/w/index.php?curid=3692884

클로드 모네, 수련, 지추미술관

여러 가지로 잘 어울리는 작품을 만들어 전시하고 있다.

김택호 회장과 김영태 명예회장 내외가 14시 20분에
지나가는 무료 셔틀 버스를 타려고 비탈을 내려갔다.
방향을 알지 못해 하마터면 버스를 놓칠 뻔했는데, 길가의
안내표시가 있어서 해변으로 가는 버스에 오를 수 있었다.

인기있는 일본 대중작가 쿠사마 야요이草間彌生가
미야노우라宮浦 포구에 붉은색과 노란색의 점이 박힌 호박을
전시하고 있어서, 관광 온 일행이 나오시마直島 현대 미술 해변
방문 기념사진을 붉은 호박 앞에서 찍었다.

4. 셋째 날, 세도대교瀨戶大橋*, 오카야마岡山와 쿠라시기倉敷

1955년에 다가마쓰高松의 짙은 안개로 페리 선이 난파해서
171명이 목숨을 잃었다. 33년 후에 10년간의 공사 끝에
세도대교가 준공했다. 길다란 2층 다리로 위에 4개의 차선이,
아래에 2개의 철로가 있어서, 20분 만에 건널 수 있었다.

---

*   유튜브로 검색해서 세도대교 비디오를 즐기세요.
      https://www.youtube.com/watch?v=aVJ6I3V7iHA

건설비가 70억 달러가 들고 13명의 일꾼이 목숨을 잃었다.
작은 섬들 위로 시고구의 가가와와 혼슈의 오카야마 간
13.1킬로미터를 잇는 혼슈-시고구 간 3개의 노선의 하나이다.
페리로 한 시간 거리를 단축한, 철도가 다니는 유일한 다리다.

오카야마현의 수도인 오카야마시는 72만의 인구로
일본 동화의 모모타로桃太郎가 활약한 곳으로 유명하다.
둘째로 건조하고 넷째로 따뜻한 곳인데,
이 날은 아침부터 섭씨 14도로 일행은 내복을 입어야 했다.

우비를 빌려 쓰고, 우리 내외는 우기다나오이에
宇喜多直家(1529-1582)가 정치와 경제적 중심지로 재건한 오카야마
성의 미끄러운 비탈을 올라갔다. 그는 1600년에 세기가와라
関ヶ原에서 패전하여 고바야가와小早川가 대체하게 되었다.

고바야가와 뒤로 이게다池田라는 다른 봉건 영주가
19세기까지 이 지역을 다스렸는데, 경제적으로
일본 10대 도시의 하나로 발전했다. 세계2차대전에서

미 공군이 오카야마 시를 폭격해서 불타게 했다.

오카야마성은 외관이 검기 때문에 "까마귀성"이라 부른다.
망루 둘만 남기고 불에 타서 없어진 것을 아사히 강을
내려다보는 언덕 위에 다시 지었다. 천수각天守閣까지
올라가 범고래 모양의 금빛 추녀 끝 토수吐首를 보았다.

3층에서 정기원 교수가 일본 무사 복장을 하고 일본도를
우리에게 겨루었다. 역사와 문화를 한껏 즐기는 모습이
멋있게 보였다. 6개층 천수각 안에 도요방陶窯房이 있어서
비젠야기備前燒를 만들 수 있고, 일본 옷 집과 식당이 있었다.

오카야마 성 옆에 차경借景으로 조성된 고라구엔後楽園은
일본 3대 정원의 하나이다. 이 지역 영주인 이게다쓰나마사
池田綱政가 1687년에 집안 행사장으로 건설했다.
이 정원에는 방대한 잔디, 꽃, 나무, 논과 주거지가 있다.

오후에 비가 와서 고라구엔 구경을 그만두게 되었다. 가이드가
도요토미 히데요시豊臣秀吉 얘기를 들려 주었다. 농부의 아들로

오카야마 성의 천수각天守閣

오카야마 성의 금 토수

영리하여 다이묘大名가 되었는데, 자기를 지지하는 무리를 잘
거느려, 일본의 무사 계급 정상으로 치달았다.

1582년에 오다 노부나가織田信長가 아케치 미쓰히데明智光秀의
반란으로 자진했을 때에, 히데요시는 다카마쓰성의 포위를 풀고
교도京都에서 미쓰히데를 진압하여 일본을 다스리게 되었다.
당시의 영웅들을 비유한 하이구俳句를 가이드가 읊었다.

"울지 않는다면, 당장에 죽이고 말거다. 불쌍한 작은 뻐꾸기여."
"울지 않는다면, 크게 울도록 만들겠다. 불쌍한 작은 뻐꾸기여."
"울지 않는다면, 울 때까지 기다리마. 불쌍한 작은 뻐꾸기여."
어느 구가 오다, 도요토미, 도구가와의 성품을 잘 나타낸 것일까?

구라시기倉敷 국제 호텔에서 점심으로 양식洋食을 들고.
구라시기 미관지구倉敷美観地区를 돌아보기 시작했다.
흰 벽으로 받친 창고가 있어 볼품이 나는 상업지역으로
300년 전부터 에도막부江戸幕府의 직할 지역이 되어왔다.

구라시기는 인구 48만 4천 명으로 오카야마현에서
둘째로 큰 도시인데, 강을 낀 포구로 발전해, 흰 벽에
검은 기와를 인 창고가 많아서, 상인들이 물자를 모아
주요 도시와 에도(江戸,도쿄)로 직송해 왔었다.

오하라 마고사부로大原孫三郎가 구라시기에 미술관을 1930년에
짓고, 서양과 아세아의 현대 미술 수집품 중에 엘 그레코El Greco,
모네Monet, 고갱Gauguin, 르누아르Renoir의 그림들을 전시했다.
시간이 없어서 미관지역만 돌아다니고 말았다.*

1922년에 오하라는 코지마 도라지로兒島虎次郎를
파리로 보내어 엘 그레코El Greco의 "성수태고지聖受胎告知"를
엄청난 값으로 사오게 하고, 1930년에 미술관을 지어
서양과 일본의 현·근대 작품으로 채워 나갔다.

---

*   구라시기 미관지역을 아래의 주소를 눌러서 구경하세요. https://
    www.youtube.com/watch?v=AqNR3gDslTY

구라시기에는 시내에 아름다운 양식 건물도 있고
제철 임해 단지와 석유화학과 자동차 산업 단지를
낀 미즈시마水島 항구의 국제 컨테이너 터미널도
구경거리인데 다음번 올 때에 방문하기로 했다.

마지막 간 곳이 1999년 9월에 연 이언 ÆON 몰mall 구라시기로
쿠라시기 화학 공장 자리에 건립된 거대한 쇼핑 센터였다.
8만 평방킬로미터의 방대한 매장에서 우리 일행은 기념품도
사고 구경거리를 찾거나 벤치에서 휴식을 취했다.

구라시기 오하라 미술관

전북 식도락食道樂 여행

7시 반에, 프리씨이오의 열두 쌍이
1박 2일의 식도락 여행에 올랐다.
한반도 남서부 상단의 전북으로. 동백 여행사
리무진으로 세 시간을 걸리는 길을 김밥 먹으면서.

누군가 소피가 몹시 마려워 올 때
군산群山 근처 휴게소에 도착했다.
군산은 옛날 황해 바다로 나가는 항구인데,
1899년에 대한제국 고종高宗 황제가 개항했었다.

10시 반에 버스에서 내리고 근처를 돌아보니,
일제시대 일본으로 공출한 쌀을 실어 내려던
슬픈 추억만 가득한 일본식 주택이 있는 지역이었다.
궁전宮殿 식당에서 꽃게 요리에 입맛을 다셨다.

고군산古群山 열도에 이르니 여기저기 16개 유인도와
47개 무인도로 된 화려한 경치가 벌어져 반가웠다.
세계 최장의 단대현수교單臺懸垂橋를 건너서
일행은 선유도仙遊島의 오솔길과 해변을 즐겁게 거닐었다.

고군산古群山 군도

저녁 식사는 생선, 조개, 해삼, 새우로 채워졌다.
맥주와 포도주를 즐기다가 양주로 흥을 돋우니 신이 났다.
신축된 호텔의 더블베드에서 편히 자고 로비에 다시 모여,
아침을 들려 부안扶安의 작은 식당으로 차를 몰았다.

오전에 전나무가 무성한 숲길을 600미터 걸으니,
능가산 내소사楞伽山 來蘇寺 정문이 반가이 맞았다.
능가는 생로병사의 변환 사슬에서 해방된다는 뜻이고,
내소는 내세에 다시 태어남을 뜻한다. 이 절의 소망이다.

백제 무왕武王은 신라의 선화공주善花公主에 장가들었다.
633년 무왕 치하에서 혜구惠丘 두타스님이 이 절을 지었다.
백제의 30대 무왕은 할아버지의 원수를 갚겠다 했는데,
이 절의 건물 두 채가 불타서 하나만 1633년에 재건했다.

이 절의 대웅전 본당은 못질을 하지 않는 결구공법
結構工法으로 지은 조선 시대 목조 건물의 대표작이다.
곁에 있는 청동 범종과 함께 국보로 지정되어 있다. 추운 계절

능가산내소사楞伽山 來蘇寺 입구에서

내소사 본전에 있는 부처님

속에서도 춘추 벚꽃이 활짝 피어 사람들을 놀라게 한다.

1999년에 방조제를 쌓아 줄포茁浦 지역을 홍수로부터 막아서,
80만 평방미터나 되는 드넓은 줄포만 생태공원을 조성했다.
이 가운데 4.9평방킬로미터는 습지 보호 지역이 되어 있다.
갈대가 무성한 길을 흐르는 개울 따라 뻘을 조심하며 걸었다.

잡음 하나 없이 고요한 적막 강산에 안긴 심신이 편안해졌다.
영태 작가가 갈대를 따서 모자에 꽂아 가야의 왕자 행세를 했다.
손님들이 여기에서 사색 수련을 하고 치료를 받을 수 있게
셋집이나 캠핑 장소, 놀이터, 게임 룸들을 많이 마련해 두었다.

식도락의 최고는 40년 전통이 있는 식당에서 제공한
대합조개 요리였다. 은박 종이에 싸서 구운 대합조개와
함께 나온 맑은 조개 국물과 매운탕으로 맛을 돋운다.
잘게 저민 조갯살이 든 죽이 마지막을 장식해서 시원했다.

배불리 먹은 우리는 리무진을 타고 기분 좋게 남쪽으로 달려
고창읍성高敞邑城에서, 오르막길 포기하고 성 아래에서

일년에 두 번 피는 춘추 벚꽃

저자가 모자에 갈대 잎 둘을 꽂고 가야 왕자 행세하고 있다.

화살을 단지에 던지는 투고놀이하는 어린이를 응원했다.

하루에 만오천 보나 걸어서 허리가 아파 오니 어쩔 수 없었다.

서울로 한참 동안 차를 타고 북진해야 했는데,

김동규의 "시월의 어느 멋진 날", 노사연의 "만남,"

슈벨트의 "보리수" 등의 아름다운 노래로 흥에 겨웠다.

다 함께 심신의 고통이나 괴로움을 잊고 합창하면서.

세계 속의 우리들

70년 만에 나라를 바꾸었다

70년 전에는 춘궁기가 되면 식량이 모자랐다.
아낙네와 누이들이 쑥 떡을 만들려고 쑥을 캐느라
들판을 누볐다. 사내아이들은 소나무 즙으로 목을 추기는데.
모두들 그런 조악한 음식을 드느라 만성 변비에 시달렸다.

나무 없는 벌건 언덕을 군인들이 전우의 시체를 넘어 달렸다.
휴식도 못하고 사랑하는 조국 땅을 한 치라도 되찾으려고.
전선에서나 전후에서나 모든 사람들이 필사적으로 일했다.
집과 공장, 그리고 가게를 후세를 위해 다시 짓기도 했다.

우리 나라의 지도자나 일선 근로자들이 하나가 되어
세계에 공급할 좋은 품질의 물건을 생산하려고 애썼다.
그래서 우리 나라가 OECD 10개 국에 들 수 있게 되었다.
우리의 생활 수준을 높이고 세계 최고의 회사를 만들면서.

런던, 프랑크푸르트, 도쿄, 베이징, 그리고 뉴욕과 마찬가지로
서울의 IT 수준과 교통 체계는 엄청나게 잘되어 있다.
러시아의 연해주에서 온 사람들이 한국의 잘된 것을 알아보고
정성과 성심을 다하여 일한 분들에게 탄복하면서 칭찬한다.

전대 미문의 경쟁에 이기려면 힘을 하나로 모아야 한다.
격화일로의 중미 무역 전쟁이라는 격동 속에서.
정신을 차려야 경쟁시대에 다른 나라에 뒤지지 않는다.
분열하거나 혼란으로 퇴보하지 않도록 힘을 다해야 한다.

다시 목표를 설정하면서 과거를 잊어버리고 미래에 투자하자.
국민이 불평불만을 한다 해서 안일하게 살게 해서는 안 된다.
인도인, 동남아인, 아랍인, 아프리카인들이 천연자원도 없이
죽자고 일하는 우리 한국인을 추월하려고 야단들이다.

세계 10대 소프트웨어 기업

미국의 포브스Forbes 지가 2018년 4월에 세계 10대 소프트웨어 기업을 발표했다. 최고가 마이크로소프트이고 알파벳, 아이비엠, 오라클, 페이스북이 그 뒤를 따랐다. 모두 미국에 있다. 중국의 텐센트가 6위, 독일의 SAP가 7위, 아일랜드의 액센쳐, 인도의 TCS, 중국의 바이두가 그 뒤를 잇는다.

1975년에 빌 게이츠Bill Gates가 개인 컴퓨터용 소프트웨어를 개발하는 회사로 창업한 것이 마이크로소프트인데, 3대 최고 경영자인 인도계 미국인, 사티야 나델라Satya N. Nadella의 지도 아래 최고 지위를 즐기고 있다. 그는 꾸준한 학습과 성장을 존중하면서, 게이츠를 제품전략 담당으로 삼았다.

2000년에 인터넷의 선구자 리옌훙李彦宏이 베이징의 호텔 방에서 바이두百度를 발족하면서 16년 만에 세계에서 10등의 서비스 업체로 키워냈다. 중국 사용자의 의견을 존중하여, 쓰기 쉽고 믿을 수 있는 플랫폼을 제공하고 있는데, 중국어와 중국문화를 잘 이해하면서 고객요구에 맞추는 노력을 계속하고 있다.

세계의 선도 업체에 비하면, 한국 기업은 규모가 작은 편이다. 대표적인 기업 엘지씨엔에스도 외형으로는 바이두의 3분의 1이 안 된다. 종업원 수도 7분의 1이다. 그럼에도 한국은 법으로 소프트웨어 대기업이 공공 사업에 마음대로 참여할 수 없게 막고 있다. 중소기업을 육성하겠다는 핑계로.

어찌하여 중국의 텐센트나 바이두, 독일의 SAP, 아일랜드의 액센쳐, 인도의 TCS처럼 세계시장에서 소프트웨어 기업이 클 수 있게 지원하지 않는가? 우리도 네이버, 카카오톡, 엘지씨엔에스, 쿠팡 등이 있는데. 이들을 세계적인 우수기업으로 키우는 데 무슨 문제가 있는가? 지원을 제대로 하고 있는가?

자연 재해를 극복하기 위한 유연성

녹색 지구의 미래가 걱정이 된다.
기후변화, 가공할 미세 먼지,
심지어 플라스틱 쓰레기로 오염된 바다가
사랑하는 지구를 견딜 수 없게 망치고 있다.

지구는 65만 년에 7번이나 빙하시대를
되풀이하고 있다. 마지막 빙하기가 7000년 전에
끝났다. 지구의 궤도 변경으로 태양 에너지가
영향을 받아 기후 변화가 일어나고 있다.

변화가 더욱 격심해지는 것은
탄산가스나 메탄 같은 온실 가스가
지구를 담요로 감싸듯이 덮어서
해마다 더위를 갱신하고 있다.

기후변화로 대양의 온도가 올라가고
적설량을 줄이고 빙하를 축소하고 있다.
빙판이 줄고 북극해 빙산이 녹으면서
높아진 바다의 수면으로 큰 도시들이 물에 잠긴다.

기후변화에 관한 UN의 정부 간 협의체 IPCC*가
다음 세기 동안의 기온 상승을 예상하고 있다.
지금처럼 탄산가스를 계속 발생시키면 금성金星처럼
지상 온도로 납을 녹일 수 있게 된다고 한다.

레오나드Leu Leonard 세계야생생물기금 부의장이
말했다. "기술은 확보되어 있고 무엇을 해야 하는지
아는데, 해 볼 것인가? 정치적이지 기술적인 문제가 아니다."
파리 기후협정은 2017년 목표를 달성하지 못했다.

세계 온실 가스의 5분의 1을 배출하는 미국이
2017년 6월에 파리 협정 탈퇴를 선언했다.
이 협정의 합의사항은 중국이나 인도보다
미국 경제에 더 큰 피해를 끼친다고 하면서.

---

*   The Intergovernmental Panel on Climate Change IPCC: United
    Nations Environment Programme UNEP and the World Meteorological
    Organization WMO가 1988년에 설립한 협의체.

IPCC는 탄산가스 배출 상한을 설정하고,
숲을 회복하여 공기로부터 탄소를 바로 제거할
것을 권고하고 있다. 이런 일 모두가 미국과
중국을 비롯한 국제 협력 없이는 불가능한 일이다.

지구의 대기 온도가 상승하는 바람에
폭풍이 자주 불면서 엄청난 홍수를 일으킨다.
섭씨 40도가 넘는 혹서로 그 지역의
병약한 동식물이 모두 죽게 된다.

2018년 8월에 북 캘리포니아에서 자연재해로
대규모의 산불이 일어났다. 11월 들어 산악지대의
뜨거운 바람, 푄foen이 맹위를 떨치고 17일이 되어도
55%밖에 진화하지 못했다고 CBS가 보도했다.

디펜보우Diffenbaugh* 스탠포드 대학교 교수가 말했다.
"캘리포니아 기상상태에서는 기후 변동으로 기온이 상승하고
대기가 건조해져서 산불이 일어날 위험이
증가되고 있어서 일단 불이 나면 겉잡기 힘들어진다."

미국 항공 우주국NASA가 많은 기기를
공중에 띄우고 시험을 하고 있다. 태양광 발전판을
우주에 쏘아 발전을 도모하거나, 제트 바이오 연료,
전기 비행기, 수소 버스 등을 써서.

아침마다 서울 시민들은 휴대전화로 집에서
외출하기 전에 미세 먼지 상태를 알아본다.
북서풍이 서쪽에서 한국으로 검은 미세 먼지를
불어와서 오염된 공기로 호흡기 장애가 생기고 있다.

---

*   Noah Diffenbaugh: 스탠포드 대학교 지구 시스템 과학 교수

세계보건기구WHO*가 대기오염으로 해마다 700만 명이
죽어간다고 했다. 대부분이 심장병, 뇌졸중, 폐암으로.
정부마다 화력 발전소를 닫거나 2부제 자동차 운행으로
배기가스 억제 지역을 선포하면서 대처하고 있다.

2017년에 한국이 핵 발전 폐기를 선언했다.
세계 최고의 원자력 발전 기술과 대학교의
원자력과를 포기하면서. 핵 발전이야말로
유해한 가스의 배출을 현저히 줄일 수 있는 데도.

핵무기 확산 위험, 방사선 폐기물 문제,
테러리스트의 공격을 우려해서 스칸디나비아
각국과 대양주에서는 핵 발전소가 없고
독일도 점차 폐기하려고 하고 있다.

---

* WHO: World Health Organization. 1948년 4월 7일 이후 150개 국에서
   7000명 이상의 직원을 갖고 있는 세계보건기구. 스위스의 제네바에 본부가
   있다.

2차 세계대전이 끝날 때, 생활용품 제조업자들이
플라스틱을 알게 되고 엘지 그룹도 한국 플라스틱 산업의
선구자가 되었다. 가볍고 값싼 색색 가지 플라스틱은 갖가지
기물로 종래 쓰던 목재, 석재, 철재, 유리를 대체할 수 있었다.

한국에서는 피브이시, 폴리에틸렌, 폴리프로필렌,
폴리스타일엔, 에이비에스 등으로 빗, 필름, 시트, 파이프,
상자, 병, 창문, 문짝, 타일, 욕조, 자동차 계기판, 승용차와
가옥 부품 등을 만들 수 있게 원료를 생산 공급해왔다.

플라스틱 제품이 범람하자 환경 오염 문제가 생겼다.
사용한 뒤 쓰레기로 버리면 분해 속도가 굉장히 느려서.
재활용을 열심히 추진하는 데도 분리 수거과정에서 플라스틱
은 산더미처럼 커진 폐기물로 심각한 문제를 일으키고 있다.

중국이 플라스틱 폐기물과 스크랩 수입을 2017년에
금지한 뒤, 엄청난 플라스틱 폐기물이 미국, 일본, 영국,
싱가폴, 홍콩, 화란, 심지어 월남에서도 한국으로 수출해왔다.
엘지화학이 분해가 빠른 플라스틱을 개발하고 있어 다행이다.

재활용 업체들이 엄청난 물량에 비명을 지르며 수입금지를
요청했다. 쓰레기를 강에 버리니, 바다에 둥둥 떠다니는
플라스틱 스크랩 덩어리에 주민들이 고초를 겪게 되었다.
야생동물이 많이 죽어 없어지고 해충이 확산되기도 했다.

8만 톤의 플라스틱 퇴적물이 북태평양이나
남북 대서양에 떠다니고 있다. 하와이와
캘리포니아 중간에 거대한 태평양 쓰레기 더미가
있는데 유럽의 프랑스 본토 크기만 하다.

온실 가스와 미세 먼지, 그리고 플라스틱 폐기물을
줄이려면, 목표를 세우고 국제적인 협력이 되어야 한다.
감축과정을 감시하고 큰 재난이 생기지 않게 하려면,
하루 빨리 유연성을 확보해서 탄력적으로 대처해야 하겠다.

다 함께 살아가는 길

조선업과 자동차 산업의 침체와
몰락으로, 울산, 창원, 군산 등의
산업단지가 있는 지역이 가동률稼動率
저하로 큰 고생을 하고 있다.

엘지 디스플레이가 파주로 공장을 옮기고
삼성 스마트폰이 베트남으로 이전하여,
구미산업단지 또한 주거지와 상가가
텅텅 비게 되어 어려움을 더하고 있다.

20세기 내내 전국 각지에서 건설한
주요 산업단지 가운데 구로, 수원,
여천 등이 겨우 견뎌내고 있다.
급격하게 일어나는 기술 변천에 대처하면서.

급작스러운 29%의 최저임금 인상으로
중소 기업은 극심한 타격을 받고 있다.
주간 52시간 근무 제도의 강행은
많은 기업이 가동을 그만두게 만들고 말았다.

100만이 넘는 대졸 실업자들이 불평불만에 차서
무서운 세력을 형성하게 될 것 같다.
대학의 원자력 부문이 붕괴되면
가장 유망한 과학분야와 사업을 없애게 될 것이다.

미국은 자기 나라에 와서 좋은 조건으로
큰 공장을 지으라고 권하고 있다.
중국, 베트남, 인도, 프랑스가 한국 기업이
자기네 땅에서 멋지게 일하라고 유인한다.

어떻게 해야 많은 일자리를 만들며 잘 살 수 있을까?
어떻게 해야 발전의 혜택을 공유할 수 있을까?
앞으로 닥쳐오는 시대에 유망한 분야에 투자하지
못하면 어떻게 경쟁에서 살아남을 수 있을까?

일자리를 창출하면서 신제품과 서비스에
투자하는 기업에게 혜택을 주자.
그리스나 베네수엘라처럼 되기 싫으면,
이 땅에도 무노동 무임금이 모두에게 적용되어야 한다.

4000억 달라 이상을 보유하고 있어도

과거 IMF 위기 때처럼 80퍼센트가

우리의 손을 벗어나 밖으로 유출되면 어쩌나?

그런 재난이 다시 일어나지 않도록 막아야 한다.

다시 배워서 피땀 흘려 일했던 옛날로 돌아가자.

훌륭한 스승을 공경하고 후원해 주는 분들에게 감사드리자.

반대파를 한없이 비판하고 공격하는 것은 그만두자.

주님만이 최후의 심판을 하실 수 있음을 명심하자.

희한한 방법

희한한 방법을 아는가? 멋있는 발상이 있는가? 알파고AlphaGo를
이기려고 한국, 중국, 일본의 바둑 기사들이 도전하여, 이세돌이
한 번 이겼다. 알파고는 몬테 칼로 수목 검색 알고리즘을 썼다.
뒤에 개발한 최신판 알파제로AlphaZero로 체스, 장기, 바둑의 세계
최고 프로그램을 모두 이겨냈다.

2018년 4월에 IMF가 1인당 국내총생산액을 발표했는데,
룩셈부르크가 1위로 $105,803, 스위스 2위 $80,591,
미국 7위 $59,501, 일본 23위 $38,440, 한국 27위 $29,891,
중국 71위 $8,643, 인도 139위 $1,983, 에티오피아 161위 $873.
국내총생산액을 증가시킬 희한한 방법이 무엇일까?
알파고처럼 인공지능을 적극 활용하는 것도 한 방법인데,

가장 핵심적인 것은 공정 경쟁을 할 수 있는 시장을
만드는 것이다. 많은 규제로 전반적으로 통제를 하면
창의력을 발휘할 수 없게 될 것이다. 일찍 일어나는 새가
더 많은 벌레를 잡게 되는 개인의 창의력을 해칠 것이다.
공정한 경쟁과 모든 사람이 우러러볼 올바른 행동 없이는
아무도 제4차 산업 혁명에서 이겨내지 못할 것이다.

엘지 그룹의 품질관리

품질관리로 고객이 기대하는 수준으로
제품이나 서비스의 질을 높일 수
있다고 생각한다. 원가를 낮추고
고객이 주문한 것을 적기에 공급하면서.

데밍Deming이 1950년에 "통계학적 품질관리 방식"에
대하여 강의한 뒤, 일본의 전후 경제 부흥의 기적이 일어났다.
데밍은 "P계획 - D실행 - C검증 - A개선"의 사이클로 단계적
개선을 추진하고, 통계학적 프로세스 관리를 권했다.

계속된 품질향상을 해내려면, 품질개선 작업과정을
검증하는 서면 확인이 필요한데, ISO9001이 1987년에
국제표준기구에서 그에 관한 규정을 제정해서 회사마다
품질관리 능력을 기록하고 검증할 수 있게 했다.

엘지 그룹에서는 1973년 초에 데밍의 품질관리를
도입하여, 민간 부문 최초로 품질관리 분임조를 만들었다.
럭키화학에서는 품질관리를 산업계 새마을 운동으로 삼아,
1976년 12월 2일 이후 해마다 QC대회를 열었다.

적극적으로 품질관리를 추진하니, 어느 회사로 가도
기업 정신과 문화를 쇄신하면서 품질관리와 보증을 강조했다.
1982년에 파산 직전의 금성계전을 다시 일으킬 때, 모두가
회사를 회생시킬 수 있는 방법을 찾아 혼신의 노력을 했다.

금성계전은 차단기, 스위치, 배전반, 계장시스템의
제조회사였다. 데밍의 품질관리 방식을 추진하면서
품질규정 준수 여부의 연례 감사를 받아 나가
전기 기기 업계에서 최고의 품질관리 회사가 되었다.

조립 라인에서 일하던 여직원이 자기네 분임조에 부사장이
참석해 주어서 감사했다는 말을 들었을 때 한없이 반가웠다.
분임토의에서는 일곱가지 품질관리 도구를 활용해서 토의를
계속하고 있었는데, 분임조 활동에 대한 칭찬을 1분간 했었다.

품질관리 일곱 가지 도구 중 특성요인도魚骨圖가
토론 주제의 원인과 결과를 알아보는 데 큰 힘을 주었다.
파레토도, 첵크시트, 산점도, 히스토그람, 관리도 등, 여러
도구를 사용해서 품질 개선 방법 선택을 할 수 있다.

원자력 발전의 품질보증 일 등급은 대단히 까다롭게 관리한다.
프랑스의 원자로 제조업체인 프라마톰Framatome을 견학했는데,
원자력 발전소의 품질보증을 확보하는 것을 목표로 하고 있었다.
우리의 차단기, 배전반에 같은 수준의 품질보증을 하기로 했다.

1985년에 엘지전자의 품질관리와 재경기획을 담당했다.
음향기기, 비디오, 텔레비전, 백색 가전 제품과 컴퓨터 부문을
전문가를 대동하고 직접 품질 감사를 실시했다. 그 결과,
음향기기 시스템을 시험하는 품질보증 센터를 만들었다.

품질관리, 납기관리, 원가관리, 이익관리 등이 최대 경영목표가
되었다. PDCA(계획, 실행, 검증, 개선)의 순환 활동을 빠르고 꾸준히
반복 실시했다. 최고 경영진에서 현장 직원에 이르도록 한
마음으로 최고의 품질을 확보하기 위해 일해 나갔다.

정보처리를 해 나갈 기반과 플랫폼을 마련하려고
미국의 EDS와 합작 회사를 만들게 되어서,
EDS의 경험과 기술로 우리 직원들을 훈련하려고
연봉을 많이 받는 EDS 기술자들이 한국에 왔다.

ASOCIO* 회의에 참석한 일본 대표가
EDS와 합작 회사를 만든 이유를 물어왔다.
정보기술 수준이 20년은 앞선 일본을
따라잡기를 희망했기 때문이었다고 대답했다.

IBM과 히다치日立의 대형 컴퓨터를 중앙처리 장치로 쓰면서
기간 통신망과 근거리 통신망 LAN으로 단말기를 연결했다.
여럿이 함께 쓰니 귀신이 곡할 듯이 사고가 잦아서 정보처리
속도가 늘여지거나 중단까지 일어나는 창피를 겪었다.

중단 없는 서비스를 보장하기 위해 IBM의
IMS DBDC와 CICS 프로그램 작성기준을
보완한 새로운 지도서를 개발해 발표해서,
서비스 중단이 없어지고 안정을 찾게 되었다.

우수한 정보처리 서비스를 제공하기 위하여
시스템 개발 담당자를 온라인으로 교육하는 시스템을
도입했다. 1단계, 2단계를 마치면 한 달간의
합숙 훈련을 거쳤는 데도 해결하지 못했던 일이 있었다.

1993년에 모든 말썽을 없애기 위해 품질관리 제도를
도입하기로 했다. 먼저 전사 품질관리 지침을 채택하여
선포하고 영국의 품질관리검증 회사인 TickIT와 계약했다.
품질관리부를 신설하여 사장에게 직접 보고하게 만들었다.

그와 동시에 한국 표준협회에게 ISO 9001 검정을
신청했다. 표준협회가 우리 직원과 임원들에게
품질관리 과정을 교육했다. 품질관리에 대한
보증 방안을 익히게 되면서 그동안의 문제가 모두 없어졌다.

우리는 전사적 품질관리를 우직하게 추진하면서
경쟁사가 벌인 도전은 무시하기로 했다.
TickIT와 ISO 9001이 결함을 지적하며
기한을 정하고 보완하라고 알려왔다.

1994년 7월이 되어서야 겨우 전 임직원이 끊임없이 애쓴
보람이 있어, TickIT와 ISO 9001의 검정을 마칠 수 있었다.
1995년 제21차 한국 품질 경영 대회에서 최고상을
획득하여, 모든 사람들이 갈채하고 웃음으로 축하했다.

미국 시장에서는 소프트웨어에 CMMI*를 선호하기에,
1997년에 엘지 씨엔에스는 네 부서에 제2급 검증을 받게 되었다.
카네기 멜론 대학교Carnegie Mellon에서 이를 도우면서
미국 특허상표청에 향후 개선 목표로 등록하기 시작했다.

CMMI최고 수준인 레벨 5(최적레벨)을 땄는데,
대법원의 부동산등기 시스템, 엘지 보험, 한국 우체 시스템,
중국과 인도에 설치 운영한 세계 개발 센터가 이 등급을
확보했다. 최고의 품질 시스템을 거사적으로 추진한 결과였다.

---

*   능력 성숙도 통합 모델(Capability Maturity Model Integration, CMMI)은
       소프트웨어 개발 및 전산장비 운영 업체들의 업무 능력 및 조직의 성숙도를
       평가하기 위한 모델을 말한다. CMMI는1Initial, 2Managed 3Defined,
       4Quantitatively Managed, and 5Optimizing의5단계까지 있다. CMMI는
       소프트웨어 개발 및 전산장비 운영 분야의 품질 관련 국제 공인 기준으로
       사용되고 있다.

ISO 9001(1994), ISO 14001(2010), ISO 27001(2016),
ISMS(2017), ISO 45001(2018) 같은 국제 표준 검정을 확보하여
엘지 씨엔에스는 정도 경영, 친환경, 기후 변화 대응,
인재 관리 면에서 사회에 크게 공헌할 수 있게 되었다.

디지털 혁신의 선구자로, 엘지 씨엔에스는 인공지능,
빅 데이터, 클라우드, 사물 인터넷, 블록체인 등에서
최고의 서비스를 제공하면서 컨설팅, 기본체제 개발,
자동화 도구 제공을 추진하고, 데이터 센터를 운영하고 있다.

이제 이 회사는 선두를 달리는 서비스 업체가 되었다.
디지털 금융, 에너지, 전자 정부, 통신과 방송, 스마트 시티,
스마트 운송, 스마트 공장, 스마트 물류, 스마트 매점,
콘택트 센터, 서비스 처리 플랫폼 등의 여러 분야에서.

2020년에 13개 지역에서 6,175명을 고용하고
3조 3,604.86억 원의 매출*을 올리고 있다. 이들은
중국, 미국, 브라질, 컬럼비아, 그리스, E.U., 말레이시아,
인도네시아, 일본, 베트남, 인도 등으로 진출하고 있다.

---

*   https://www.lgcns.co.kr/About/MainCompany 2020년 IFRS 연결기준);
영업이익 2,461억원, 순이익 1,665억원

종합적품질경영TQM과 품질보증QA

고객의 기대와 욕구는 사업 성공의 핵심이다.
품질관리 분임조 활동을 통해, 모든 종업원이 새로운
발상과 지혜를 발휘하여, 고객에게 제공할 품질을
계획하고, 실천하며, 결과를 점검하여 개선해 나간다.

경영진은 현장 실무자의 활동을 지원하도록 해야 하는데,
품질관리 분임조에 참가한 여직원이 경영진의 참여와 발언에
감격해서 모든 사람의 사기가 크게 올랐다고 고마워했다.
품질경영과 보증 지도서도 목표달성에 큰 도움이 된다.

까다로운 설명서를 읽지 않고 단추를 누르기만 해도
기기를 마음대로 조작할 수 있으면 얼마나 좋을까?
내후성, 신뢰성, 편리성 등의 엄격한 시험에서
불이 나거나, 부서지거나, 폭발하지 않아야 하는데,

아무도 혼자서는 최고의 품질을 이뤄낼 수 없다.
종합적품질경영과 품질보증 활동으로 사업 근간이 되는
제품이나 서비스의 모든 결합이나 오작동을 가려내려면
현장에서 일하는 종업원의 협조가 핵심이 된다.

사소한 방심이나 부주의로 대참사가 일어난다.

한국의 삼성이 폭발하는 스마트폰을 회수 점검하면서
260억 달러나 되는 엄청난 시장가치를 잃었다. 삼성의
스마트폰이 절연 불량과 과열된 전지 탓에 폭발했다.
삼성은 그 뒤 시장가치 상위 10등에 복귀하지 못하고 있다.

제4산업혁명이 시작되는데, 초고속으로 발전하는 기술에
관한 종합적 품질경영을 말하면 웃긴다고 할지 모르지만,
세계 제2의 부자 아마존Amazon의 제프 베이조스Jeff Bezos는
하루도 빠짐없이 고객 만족만 23년간 집착해 왔다.

모토롤라Motorola의 6 시그마와 스마트폰

모토롤라는 직원들에게 해결책을 선택할 권한을 주었다.
이미 종합품질경영을 위한 6 시그마*를 적용하여 최고의 성과를
이루고 있었다. 포춘Fortune지가 선정한 세계 500대 기업의
선두에서 6 시그마 담당 직원에게 벨트를 인정하고 있었다.

모든 결함을 100만분의 3.4 이내로 줄이게 되어 있는데,
끊임없이 데이터를 준비하고 도전 과제를 논의하면서 목표를
갱신하도록 되어 있다. 6 시그마로 GE는 1998년에
3억 5천만 달러, 존슨 앤드 존슨은 6억 달러의 원가 절감을 했다.

그래서 6 시그마는 유명해지고 세계적으로 전파되었다.
1990년대에 많은 회사가 6 시그마를 품질경영 수단으로
채택해서 전문가의 지도를 받았다. 6 시그마는 모든 작업이
최적화될 수 있다는 확신 속에 추진되는 훈련 프로그램이었다.

---

* 식스 시그마Six Sigma (6σ)는 모토롤라가 1966년에 개발한 품질관리
프로그램이다. 식스 시그마과정에서는 통계적으로 백만 번의 프로세스
중 3.4번의 실수나 결함·오류를 허용하는 3.4PPM 수준을 목표로 하는
경영활동이다. 5개 단계가 있는데, DMAIC라 하여 문제정의 define,
측정measure, 분석analyze, 개선improve, 관리 control의 각 단계에 걸친
활동을 한다.

그러나, 지나치게 수치와 절차, 그리고 측정기준에 집착하면
연구개발 담당자의 우수하고 빠른 두뇌회전에 지장을 줄
수 있었다. 모토롤라가 6 시그마에 지나치게 집착하다 보니
부작용이 있었다. 6 시그마가 결함증명에 과부하가 있었다.

모토롤라는 RAZR형 전화기 생산에 집착하여
소비자의 욕구를 살피지 못하고 시장 추세를 주도할
힘을 잃었다. 2005년에 마이크로 택 시리즈에 이어 RAZR가
히트를 치자, 모토롤라는 시장 지위가 확보되었다고 믿었다.

1973년에 휴대 전화기를 처음으로 시장에 선보이고,
1983년에 상용화에 성공한 모토롤라는 개척자 이익을
즐기다가, 2009년에 시장점유일이 6%로 떨어지고 만다.
21세기는 파괴적인 혁신이 자주 일어났다.

2007년에 애플Apple이 아이폰이라는 스마트폰을 발표했다.
화려한 디자인에 컴퓨터처럼 쓰기 편한 기능이 있었다.
전화 기능만이 아니라 문자를 보낼 터치스크린 자판이
있고, 인터넷 접속이 가능하여 각종 앱을 깔 수 있었다.

사람들은 하고 싶으면 언제든지 이메일이나 사진을 보내고,
웹 페이지 검색이나 소셜 네트워크 서비스SNS를 쓸 수 있고
온라인 구매와 음악이나 비디오의 열람을 할 수 있게 되었다.
App Store를 통해 앱 설치까지 할 수 있어 시장을 석권했다.

2010년에 전화기 판매액이 격감하고 결손까지 나자,
모토롤라는 두 개의 상장회사로 분할한다고 공표했다.
휴대폰과 케이블 텔레비전 장비를 생산하는 모토롤라
모빌리티와 시스템을 제공하는 모토롤라 솔루션이었다.

모토롤라는 구조개혁을 시작해서 이동통신 사업을 노키아
지멘스 네트워크에 12억 달러에 매각했다. 2012년에 구글이
특허권 방어를 위해 모토롤라 모빌리티를 125억 달러로
사들였다가, 2014년에는 29억 천만 달러에 중국의 레노버Lenovo에
매각했다.

스마트폰 시장은 치열한 경쟁을 하게 되어, 한때
핀란드인의 자랑이던 이동통신과 스마트폰 선구자,
노키아Nokia 또한 이동통신 사업을 마이크로소프트에
매각하고 2014년부터 기간통신사업에 전념하게 되었다.

스마트폰 시장은 대중B2C 사업이라 모토롤라나 노키아가
숙달한 기업 대 기업B2B 시장과는 다른 점이 많았다. 삼성, 애플,
샤오미 등은 대중 사업에 능숙하여, 소비자의 기호를 민첩하게
만족시켜 스마트폰 선택의 기선을 잡아 나갔다.

기업 대 기업 시장에서는 품질관리가 사업성공의 비결이
될 수 있었다. 그러나 기업 대 대중 시장에서는 고객이 쓰기
편하면서 멋진 디자인을 좋아하니, 스마트폰에 일반 컴퓨터
기능을 사용할 수 있게 하니 대박이었다.

스마트폰 시장의 개척자로서 애플은 게임을 운영할 플랫폼을
만들고 운영 규칙을 개발했다. 아이-에코시스템이라는
새로운 사업모델로 하드웨어, 소프트웨어, 콘텐츠가 잘 짜인

정보처리 생태계인데, 1984년[*] 광고 이래 이 상표로 성공했다.

미, 중 양대 강국의 무역전쟁으로 삼성과 애플의
시장점유율이 내려가고, 중국업체의 매출이
2018년 삼사분기에 2위, 4위, 5위에 오르게 되어,
세계시장 추이를 예의 주시해 나가지 않으면 안 되게 되었다.

최고의 품질, 화려한 디자인, 그리고 사용자 편의성을
제공하면서도, 주요 스마트폰 업자는 경쟁에 버텨 나가는
가격을 확보하지 못하면 견뎌내지 못하게 된다.
고객을 위한 가치 창조를 제대로 추진해야 성공한다.

---

[*]   '1984' 광고는 조지 오웰의 소설에 나오듯이 애플의 맥킨토슈 개인용
      컴퓨터를 1분간 방송한 미국의 상업광고이다. 1983년 12월 31일에
      아이다호주의 트윈 폴을 포함한 10개소에서 방송했다. 곧 이어 1984년 1월
      22일에 슈퍼 볼 18회 CBS방송이 광고 속에 끼워서 전국으로 방송되었다.

규제

오늘날 시행되고 있는 많은 규제를 재검토해야 한다.
21세기의 급변하는 환경에 대처하려면.
규제조치를 할 때만 해도 혹시 생길지 모르는
혼란과 변혁에 대해 사회 안전을 확보하려 했었다.

일부 규제조치에 역효과가 있었다. 공공 소프트웨어 사업에 대한
대기업 참여를 규제하는 바람에, 정보통신 분야의 주도권을
기업들이 못 잡게 만들었다. 2020년까지 중국은 매년 9%나
느는데 한국 소프트웨어는 3%밖에 늘지 못했다.

포브스Forbes 지가 세계 10대 소프트웨어 기업에 미국 다섯, 중국
둘, 독일, 인도, 아일랜드를 하나씩 발표했는데, 한국은 없다.
의료부문에서도 한국 환자들이 한국인이 개발한 줄기세포
치료를 받으러 많은 비용을 내고 일본을 찾아가고 있다.

황우성 박사가 실험과정에서 끔찍한 잘못을 저지른 뒤로
한국이 까다롭고 시간이 걸리는 줄기세포 규제조치를 해서,
차병원 그룹이 줄기세포의 임상시험에 앞서 있었으나,
엠셀 같은 경쟁업체가 난치병을 치료할 병원을 열고 말았다.

알츠하이머병, 파킨슨병, 루게릭병, 당뇨병처럼
엄청난 치료비를 줄이려면, 많은 규제의 개정을 검토해야 한다.
유망한 정보통신기술과 줄기세포에 의한 치료방법에서 세계적
변화에 낙후되지 않으려면.

제4차 산업혁명을 맞아서

로봇, 3차원 프린터, 인공지능, 사물인터넷, 클라우드 컴퓨팅을
제조, 운송, 의료, 쇼핑 분야에 도입하는
제4차 산업혁명으로 사회가 급속하게 변하고 있다.
특기 없는 단순 노동자가 일자리를 쉽게 잃게 될 것이다.

삼성 반도체의 클린 룸에 일하는 사람이 안 보인다.
아디다스Adidas의 팩토리에도 맞춤 구두 제작자가 드물다.
사람들이 계산대에 가지 않고 구입한 물건을 들고 나간다.
얼굴인식기로 탑승 수속과 출입국 검사를 빨리 끝낸다.

전문가들이 2030년까지 20억 개의 일자리가 없어진다고 했다.
로봇으로 지금 있는 일자리의 80%가 대체된다고 말했다.
개인이나 학교와 산업계에서 대책을 찾아, 장차 필요할
기술을 잘 가르칠 방법을 찾아서 활용해야 할 것이다.

새 시대에 맞는 기술을 개인이 확보하는 것은 어려운 일이
아니다. 뉴욕에 사는 14세 소녀, 엠마Emma 양이 2015년
"도전 기술 변혁" 행사에서 2등을 했는데, 뉴욕의 20세 이하
젊은 유망 혁신가 10명의 하나로 이름이 올랐다.

홍콩에서 10년을 살고, 카네기 홀에서도 연주한, 외국어를 할 줄 아는 피아니스트이자 첼리스트인데, 알츠하이머병으로 사람을 잘 알아보지 못하는 할머니를 돕는 앱을 개발했다. 얼굴인식으로 친구를 쉽게 알아보는 앱으로 할머니에게 큰 도움을 주었다.

어떤 직장에서나 생산성을 높이려면 꾸준한 훈련을 해야 한다. 이력개발계획으로 새 환경에 적응할 기술도 배워야 한다. 어떤 벤처 기업에서는 종업원이 자발적으로 손에 무선인식기를 심어서 지하철 타고, 보안 검사 통과하고 잡화 구매도 쉽게 한다.

무선인식기RFID를 비트코인 지갑이나 건강측정기로 삼아서, 보안 검사나 블록체인 지불이나 건강 장애를 시험하게 된다. 2004년에 미국 식약청FDA에서 인간에게 사용할 수 있도록 승인했다. 심는 데 침 맞을 정도의 고통밖에 없다.

제4차 산업혁명 시대에 누구나 남에게 이익을 줄 수 있다. 엠마가 불쌍한 할머니를 도우려고 개발한 앱처럼. 교육을 혁신하고, 장래에 도움이 되는 좋은 교육훈련을 시켜주는 사람을 표창하고 재훈련할 수 있는 환경을 마련해야 한다.

디지털 전환기에 인공지능이 나날이 인기를 더하여 갔다.

그래서 2019 MIT CSAIL의 육 주간 온라인 강습에 등록했다.

챗봇과 머신 러닝, 자연 언어 처리, 로봇으로 된 인공지능

기술의 의미와 중요성을 파악하는 데 도움을 받았다.

변하는 세계

무엇이 세계를 이처럼 비참하게 만들었나?
누가 이 세상을 이처럼 끔찍하게 바꾸고 있나?
100년 이상을 미국이 풍부한 재력과 착한 마음으로
평화로울 때나 전쟁을 할 때에 세계를 이끌었다.

다 망가진 국가들을 재건하려고
미국은 엄청난 원조와 지원을 제공해 왔다.
폭정으로부터 민주주의와 종교의 자유
이외에는 아무런 보상도 바라지 않고.

미국의 강력한 보호 덕에 일본이
폐허에서 경제 대국으로 자라났다.
우호 관계가 회복되자, 중국이
미국에 대항하는 2대 강국이 되었다.

하느님께서 이 세상을 혼란하게 만드시는가?
성령을 보내어 이 땅을 구원하실 것인가?

전쟁의 신이여, 도와 주소서

16세기 말에 일본이 한국을 침략했을 때에,
이순신李舜臣 장군께서 무지막지한 적군을 무찌르셨다.
거대한 일본 수군을 7년 동안 23차례의 해전에서
지형과 조류를 이용해서 무참하게 격파해 주셨다.

고니시 유기나가小西行長가 이끈 제일군第一軍이
20일 만에 왕이 도망친 조선 왕국 수도를 손에
넣고 말았다. 적군이 장악한 서울과 평양의
궁궐과 국민을 포기하고 왕은 의주義州로 몽진蒙塵했다.

고니시가 평양 너머로 진격하려 했으나
군량과 병력 보충이 안 되어 그만두고 말았다.
이순신 장군이 거느린 수군이 일본군의 보급로를
차단하니, 일본군이 황급히 전선에서 철수하게 되었다.

이순신 장군을 수군 통제사統制使 자리에서 축출하려고
일본 간첩, 요시라要時羅가 조선 왕에게 모략을 걸었다.
요시라는 가토 기요마사加藤淸正가 인솔한 대부대가
규슈와 조선 반도 사이의 넓은 수로를 공격해 온다고 했다.

조선 왕이 이순신 장군에게 가토의 함대를 공격하라고
지시했는데, 이 장군이 이를 받아들이지 않았다. 격노한 왕이
이 장군을 소환해서 국문을 했다. 이 장군이 없는 틈에
일본 수군이 공격하여 12척만 남기고 전멸시켰다.

정부 지원 없이 이 장군은 지도력을 발휘하면서,
거주민의 지지를 받아 조선의 수군을 재건할 수 있었다.
명량해협 鳴梁海峽에서 이순신 장군은 133척의 적군 군함을
전멸시켰다. 12척의 배로 제해권制海權을 확보해냈다.

천부적인 지도력, 올바른 성품, 희생정신, 뛰어난 전략과 헌신,
그런 일들로 사람들이 이순신 장군을 전쟁의 신으로 모셨다.
당시의 명나라 젠린陳璘 제독이 이 장군을 최고로 모시고,
도고헤아하치로東鄕平八郎는 넬슨Nelson보다 높이 평가했다.

2020년대에 들어 무역 전쟁과 군사 충돌을 일으키려는 세력이
점점 커지고 있다. 훌륭한 지도자가 없으면 비참한 사태가
일어난다. 세계적인 경쟁의 격랑을 타고 나갈 비전과 전략이
있어야 이 고비를 넘길 텐데, 참으로 막막하다.

격동적인 혼란을 이겨내려면 이순신 장군 같은 분이 필요하다.
전쟁의 신은 이런 난국을 멋있게 극복할 것이다.

파이 π, 수학의 심볼

3월14일에 수학자들이 파이 π를 기념하려고 파이 pie를 먹는다.
3.14159 …, 원 둘레와 지름 비율을 나타내는 원주율 圓周率.
수학자들이 소수점 넘어 일조 자리를 넘도록 열심히
계산했는 데도, 이 숫자는 한없이 계속되었다.

인공지능 人工知能 시대에 모든 사람이 수학을 활용한다.
파이, 선형 대수, 미적분, 확률, 행렬식 같은 수학을.
수학은 문제를 쉽게 풀 수 있는 기본 수단을 제공한다.
회귀분석이나 몬테 칼로 법 또한 기계 학습에 큰 도움을 준다.

기계가 인간을 도울 수 있게 하려면 어떻게 해야 하나?
알고리즘에 맞게 데이터의 의미를 찾아내면 어떨까?
그러면 기계가 데이터베이스를 검색해서 미래 예측을 해 준다.
기계가 우리의 집중력을 높여, 가치 창조와 원가 절감을 해 준다.

사람과 로봇이 집단적 지능을 갖게 수학을 배워서 만들자.
인공지능으로 이득을 볼 분야와 방법을 찾아보자.

통찰력

훌륭한 통찰력을 기르려면 많은 시간이 걸릴 것이다.
미래에 관한 통찰, 특히 기술 발전의 전망에 대해.
사람은 예리한 예지력豫知力을 상실하게 될 때가 많다.
방대한 데이터를 확보하고 최신 분석기법을 쓰면서도.

20세기 말에 인터넷과 반도체, 이동 무선 통신 기기가
아무도 생각하지 못한 전대미문의 발전을 해왔다.
무어Moore의 법칙에 따라 집적도가 18~24개월에 두 배가
되고, 5세대 통신 속도가 초당 20기가비트giga bit가 되면서.

동료들과 빠르게 작업을 할 수 있어서 좋아했으나,
인터넷의 사업기회가 거대한 것을 알아보지 못했다.
편리한 스마트폰의 즐거움을 제공하는 힘을 몰랐다.
그래서 세계적으로 확장할 수 있는 사업 기회를 놓쳤다.

2050년까지에 지구사의 대혁신 활동은 더욱 활발해진다.
예리한 통찰력이 있는 사람이 틀림없이 멋지게 성공한다.

봄이 다시 올 수 있게 할 수 있을까?

1.

불행히도, 한국은 혹심한 겨울을 맞으려 하고 있다.

그동안 발전해온 열매를 너무 일찍 따먹지 않았나?

바삐 움직여 온 나라인데 너무 많은 요구가 있었다.

베트남은 도이머이(Đổi mới, 혁신) 운동으로 성장을 해왔다.

도이머이로 전쟁으로 시달린 나라에 변화가 일어났다.

베트남이 발전하도록 한국인도 투자를 주도主導해 나갔다.

세 번의 파동이 있을 때에 한국 기업들이 작심하고

대들었다. 베트남 사람들이 시장과 시설을 재건하고

공장을 짓고 통신망을 부설하는 사업을 지원하려고.

급속하게 변하는 세계시장에서 경쟁력을 회복하려면,

베트남보다 10배나 높은 임금을 주면서 수지를 맞추려면,

한국은 갖은 수단을 다하여 생산성을 개선해야 한다.

인공지능, 사물 인터넷, 로봇 등으로 자동화를 도모해서,

어중이떠중이들을 따돌리고 생산성을 괄목하게 증진해야 한다.

2.

미국이 먼저 법인세율을 35퍼센트에서 21퍼센트로 내렸다.

베트남은 4년간 법인세를 면제하고 7년간 반감한다.

법인세를 25퍼센트나 내면서 한국이 투자할 수 있겠나?

한국 기업의 투자를 유치하는 도시나 나라가 많다.

기회만 있으면, 중국이나 EU의 도시들이 몰려온다.

미국 관리들도 좋은 조건을 제시하면서 찾아오고 있다.

한국 정부는 복잡한 규제로 기업을 옥죄이려 하는데,

모두들 간섭하는 통에 허가를 맞으려면 엄청난 시간이 걸린다.

다시 번창하는 나라가 되려면, 한국은 규제부터 풀어야 한다.

개혁을 많이 해야, 다시 봄날을 찾아올 수 있을 것이다.

서둘자. 시간이 없다. 잘못하면 기회를 놓치고 울게 된다.

3.

오염 없이 가장 싸게 전기를 생산하려면,
전력 공급을 원활하게 하는 핵 발전核發電이 있어,
사회와 산업계에 가장 중요한 자원이 된다.

지진이나 테러로 재난이 일어날 수 있어도,
세계 제일의 핵 발전 기술은 계속 유지해야 한다.
위험을 겁내면서 어찌 초고속 발전을 기대하겠나?

베트남이 땅을 한국의 5분의 1이나 무상 제공한다면,
우리라고 간척해서 싸게 제공하지 못할 것인가?
국토 확장을 위한 간척을 막는 장애가 무엇인가?

노령화 사회에서는 연금으로 나라의 빚이 늘게 된다.
우리 자식들의 다음 세대에 빚을 물려주면서.
건강보험의 결손도 앞으로 큰 짐이 될 것이다.

어찌하여 한국은 툭하면 조기 퇴직을 권하는가?
어찌하여 원격의료를 못 하게 규제하고 있는가?

기업가 정신이 왕성해야 하는데

한국인이 경영하려는 마음이 없어지고 있다.
미국과 중국 간의 무역전쟁이 터져서
시장 수요가 줄어들고 있는 판에,
사태가 악화되게 2000종의 규제가 있어서
회사의 종업원이 어쩌다가 실수하면
사장이 책임지도록 되어 있으니.

최저 임금의 급격한 인상과 주당 52시간 근무제를
적용하게 되어, 가격 경쟁력이 떨어지게 되었다.
주인 부부가 일하는 작은 가게들 중 문을 닫은 데가 많다.
원자력 발전소와 자동차 제조업에 납품하는
업체들이 쓰러진다. 노사분규를 피하려고
기업인들이 해외로 나가는 일이 많아졌다.

기업가 정신을 다시 왕성하게 만들 방법이 없을까?
기업인들이 이루어 놓은 업적을 헐뜯지 말고 칭찬하자.
기업인들이 경제를 부추기는 능력에 감사드리자.
모두 함께 지혜를 모아 일해야 한다. 노동조합과도.
다음 세대를 이끌 참신한 제품이 피어나지 못하게 하는

규제를 없애고, 투자와 연구 개발을 장려해 주자.

매출 1조원의 일각수一角獸Unicone 기업을 골라서
세계적인 거인으로 키우자. 중국은 화웨이華爲, 텐 센트腾讯,
알리바바阿里巴巴를 20년 만에 길러 냈다.
한국의 네이버는 원격 진료를 일본에서 시작하고 말았다.
의료, 약품, 수소, 원자력, 인공지능이 21세기 유망주인데,
하늘은 전력을 다하여 가치 창조를 하는 사람을 도우신다.

육성할 품목을 선별하기 위해 전문가의 지원을 받아
5개년 계획을 수립하자. 인공지능 시대에 맞는
기술을 배우게 교육하고 다시 훈련하도록 하자.
세계시장으로 나갈 수 있게 투자자금을 제공하자.
성공할 수 있게 사기를 올리고 도전 정신을 키우자.
민주주의를 파괴할 분규와 소란을 물리치면서.

여야를 막론하고 각자의 계획을 발표하라.
전문가들에게 타당성과 우선순위에 대해 물어보자.
규제를 제거하고 국가 예산을 다시 편성하자.

최고의 성과를 내도록 진척도를 챙기는 것이 좋다.

한국은 성공사례를 많이 갖고 있으니, 신시대에 맞게

미래를 개척하는 청사진靑寫眞을 만들어 국민에게 발표하자.

다시 세계를 선도하려면

한국은 세계에서 최고로 통신 수단이 발전된 나라이다.
인터넷과 스마트폰의 보급율이 최고인데,
한국이 세계 최초로 5세대 통신을 개시했다.
삼성전자는 스마트폰 세계시장 점유율 최고를 즐기고 있다.

한국인은 케케묵은 규제를 없애려고 무던히 애써 왔다.
혁신적인 제품이나 서비스 제공을 막았던 규제들.
30년 전부터 관계자들이 모여서 혁신 시대에 도움을
줄 수 있게 법률과 규칙을 개정하는 노력을 해왔다.

독창적인 시스템을 가동하지 못하게 하는 규정이 많아서,
사회에 크게 기여할 일을 시작도 하지 못하게 하고 있다.
디지털 의료, 유전자치료, 인터넷 금융, 자동차 공동 사용 등,
정신을 차리지 못하면 대처하지 못해 뒤처지고 말 것이다.

미국, 일본, 중국을 비롯한 나라들이 뛰어넘지 못하게,
산업의 기반을 재구축하는 일을 서둘어야 할 것이다.
한때 한국이 치안 시스템에서 앞서간 적이 있었으나, 지금은
중국이 남아메리카 각국에서 감시 시스템을 설치하고 있다.

30년 전엔, 한국 기업을 배우러 오는 중국인이 많았다.
그래서 우리 나라에서 가장 앞선 기업들을 소개했다.
그런데 지금은 영원히 번창할 것으로 생각했던 옛날의 빛난
시스템 통합과 게임 개발업적이 빛이 바래 마음이 아프다.

엘지LG 과학공원의 마곡 단지의 만 7000명의 연구 인력과
롯데와 콜롱 그룹의 수만 명 직원이 오후 5시 반이면 퇴근해서
집으로 돌아간다. 개정된 주 52시간 노동 규칙을 지키려고.
알리바바의 마馬회장이 996* 지키라고 하는데.

미국처럼 사무직원의 예외 근무제도를 택해야 한다. 그래서
벤처 기업에서 52시간 근무 상한을 초과할 수 있게 해야 한다.
특히 클라우드 컴퓨팅, 인공지능과 로봇, 블록체인, 생명 과학,

---

* 전자거래 거인 알리바바의 창업자 잭 마 회장이 최근에 중국인의
  "996"이라는 노동 방식에 대해 휴대전화 메시지를 남겼다. 이 숫자는
  오전 9시에서 오후 9시까지 매주 6일간 일하라는 뜻으로 중국의 기술중심
  대기업이나 벤처기업에서는 상식이 되어 있는 말이다.
  https://edition.cnn.com/2019/04/15/business/jack-ma-996-china/
  index.html

보안, 핀테크 등에서 그렇게 해야 뒤지지 않게 될 것이다.

한국은 불과 2년 동안에 29.1%나 기본급여를 갑자기 올렸다.
2018년 평균 급여의 65%를 올려서 OECD 최고 인상률이다.
엄마 아빠 가게의 삼분의 일이 노임에 못 견뎌,
문을 닫게 되면서 임시직 일자리마저 그만큼 줄게 되었다.

한국의 원자력발전소를 2017년부터 폐쇄하게 되자,
전력공급을 하던 한전이 2016년의 62억 달러 흑자에서
2018년 11억 8천만 달러 적자로 변했다. 협력 업체의 86%가
파산 지경이고 기술자와 학생들이 떠나게 되었다.

한국의 구미, 창원, 군산에 있는 산업단지도 공장들이
이전하거나, 제너럴 모터가 폐쇄하거나, 르노 삼성 공장이
문을 닫아, 가동률이 떨어져서 몸살을 앓고 있다.
그동안 함께 일해온 부품업체도 문을 닦고 말았다.

왜 기업들이 해외로 나가고 한국 투자를 기피하는가?
산업분야에 도움을 줄 환경을 다시 마련할 길이 없을까?

이렇게 살아져 가는 분야를 되살릴 좋은 아이디어가 없을까?
늦기 전에, 지도자들이 진흥책을 강구해야 할 텐데.

2019년 4월에 6억 6천만 달러의 경상수지 적자를 겪었다.
유럽 금융위기로 2012년 이후 7년 만에 처음 겪는 적자다.
미국과 중국의 무역전쟁의 여파로 수십억 달러의 반도체 판매와
자동차 생산이 줄어들어 이런 시름을 겪게 되었다.

한국의 자동차 산업계의 노동 쟁의는 거의 해마다 일어난다.
임금 협상과 작업조건 개선 요구가 주된 쟁점인데,
2019년 일사분기에 10년 만에 최소인 954,908대밖에
생산하지 못하여, 가파른 낭떠러지에 걸리게 되었다.

높은 인건비와 낮은 효율이 개선되지 못하면,
연간 자동차 생산량은 400만 대에 미치지 못하게 된다.
이 수량은 수십만의 부품업체가 한 집에서
살아나갈 환경을 만들 최소한의 조건이 된다.

자동차 업계의 치열한 세계 경쟁에서

한국은 생산성을 높이고, 경쟁에 이길 수 있게
IT기술을 써서 무인 자동차와 전기자동차 개발을 해야 한다.
자동차 회사가 뒤쳐지게 되면 노동조합도 살아가지 못한다.

일본이 백색 리스트에서 제외한다고 두려워할 것은 없다.
리스트의 27개국 중, 한국이 아세아권 유일한 나라다.
한국은 규제 대상 물자 공급받을 길을 확보할 것이다.
국산화를 도모하거나 다른 나라의 공급 업자를 찾아내면서.

북한이 유도탄을 개발한다고 지나치게 겁먹을 필요가 없다.
북한은 한미 연합 군사 훈련에 항의하고 있는 것이다.
일본, 러시아, 중국이 한국의 영공을 침범하더라도
모두 우리의 가공할 영공 방위력을 시험해 보는 일이다.

세계에 앞장서 나가려면 기업들을 칭찬하고 보호해야 한다.
전쟁으로 허물어진 이 땅을 재건한 기관차 역할했다.
중소기업이고 대기업이고 간에 경이의 대상이었는데,
이 무시무시한 무역전쟁을 함께 이겨내도록 힘을 합해야 한다.

불사조가 일어나듯이, 한국은 사업과 예술 및 문화에서
세계를 이끌어 갈 정열과 역량을 발휘하게 될 것이다.
온 세계가 한국인이 그 힘과 재주를 다시 찾는 일을 반기실
것이다. 그동안 세계의 이익이 될 일을 창조해 왔지 않은가.

인공지능으로 성공하는 시대

1. 대한민국과 인공지능

1987년에 고속통신망에서 부가가치 서비스를 허용해서,

한국은 인터넷 사회 구축에 앞장설 수 있었다.

2019년에도 미국보다 2년 뒤진 인공지능 격차를 좁혀야 한다.

미국의 30분의 1 예산*으로는 경쟁에 지고 만다.

알파고가 한국의 바둑 왕 이세돌 국수를 이기자,

너도나도 딥 러닝deep learning 알고리즘 개발에 나섰다.

인공지능은 머신 러닝, 자연언어 처리, 로봇을 포함하는데

한국의 기술계 대기업이 20억 달러를 투자하겠다고 나섰다.

정부도 2022년까지 인공지능 선진국 전략을 내어놨다.

이미 반도체, 가전, 자동차에서 세계 주도국이 되어 있듯이.

삼성, 엘지, 현대 같은 기술 중심 회사가 공공 안전, 의료, 자동화,

국방 등의 인공지능 분야에 관심을 갖고 추진하고 있다.

---

* "엑소브레인Exobrain에 대한 투자: 한국 인공지능 관련 투자는 1억 달러
미만이다. 미국은 30억 달러, EU는 12억 달러, 일본은 9억 달러는 벤처기업
투자액으로 지원하고 있다. https://www.bloter.net/archives/313731

인공지능 육성 환경을 마련하려고, 한국은 2020년까지
6개의 인공지능 교육기관을 설치하여 당장에 필요한
5000명 이상의 기술자를 육성한다. 2029년까지
인공지능 벤처 기업 지원 기관도 설치한다.

한국은 세계에서 가장 좋은 의료 서비스와 정보통신 기술을
갖고 있다. 한국인은 모두 의료보험 혜택을 받는데,
방대한 전자 의료 기록을 다루고, 병상 배정을 받아
딥 러닝 기반의 인공지능을 쓴 흉부 영상촬영을 할 수 있다.

주도적인 종합병원이 유전자 돌연변이, 심혈관 이상, 치매
진단을 돕는 소프트웨어를 다투어 개발하기 시작했다.
머신 러닝을 써서 유전자 정보나 병력을 분석하고,
질병의 증세 변화를 예측하는 일을 추진하고 있다.

2. 인공지능의 세계 경쟁 현황

1956년의 다트마우스Dartmouth 하계 연구 발표회에서
처음으로 인공지능AI Artificial intelligence라는 말을 쓰기
시작한 이래로, 160만 부가 넘는 과학논문이 발표되고,

거의 34만 건의 인공지능 특허 신청[*]이 있었다.

1997년에서 2017년까지 중국이 인공지능 특허신청의 37.1%를
차지했고, 그 다음이 미국으로 24.8%, 일본 13.1%, 한국 8.9%,
독일 2.7%, 영국과 프랑스가 각각 1.3%를 차지하고 있는데[**],
중국이 인공지능 개발에 야심 찬 계획으로 매진하고 있다.

인공지능 사업을 성공시키려면, 4가지 사항이 핵심이 된다.
빅 데이타, 클라우드 컴퓨팅, 인공지능 전문가와 숙련한 기술자,
5세대 통신망이다. 1974~80년과 1987~93년에, 기대에 미치지
못하는 컴퓨터의 처리용량으로 겨울을 겪었다.

컴퓨터의 연산 및 처리 능력이 향상하고 통신 속도가 개선되어,
방대한 자료의 실시간 처리가 가능해져서, 분석과 예측을 잘
할 수 있게 되었다. 인공지능 특허 중 머신 러닝이 40%나 된다.
알파고의 딥 러닝과 필리라[***]의 신경 네트워크가 인기다.

---

[*]   세계 지적 자산 기구World Intellectual Property Organization WIPO

[**]   추가 정보: 세계; CAICT; Gartner; 1997 to 2017

[***]   IBM과 향료 업체가 필리라Philyra라고 하는 최신 머신 러닝 알고리즘으로

IDC의 예측에 따르면 "인공지능에 적극적으로 투자하는 기업을 중심으로, 세계 인공지능 시스템 투자는 2019년에 358억 달러가 되고 2022년까지 배가 되는 792억 달러로 늘 것이다. 이는 2018년에서 2022년까지 매년 38%씩 증가하는 셈이다.[*]"

3. 인공지능을 지혜롭게 사용하기 위해서는 가짜 합성deep-fake은 금물이다.

인공지능이 나날이 발전하고 보급되면서 우리 사회에 큰 혜택을 주게 되지만, 그 기술의 오용으로 생길 부작용을 막을 수 있어야 한다. 무인 자동차가 사고를 내면 누가 책임을 져야 하는가? 차를 탄 사람인가? 인공지능 시스템 제공자인가?

브라질의 화장품 회사가 종전에 없던 신 향료를 개발할 수 있었다.

[*]   IT 및 통신, 컨슈머 테크놀로지 부문 세계 최고의 시장 분석 및 컨설팅 기관인 IDC발표, 2019년 3월 11일: IDC Worldwide Semiannual Artificial Intelligence Systems Spending Guide. https://www.idc.com/getdoc.jsp?containerId=prUS449114

인공지능을 써서 가짜 영상을 합성하여 개인의 사생활을
침범하거나, 정치인, 뉴스 앵커나 예능계와 스포츠계의 스타의
인품을 깎아 내릴 수 있고, AI로 만든 가짜 비디오, 영상, 특집,
여론 조사로 참극을 일으킬 수 있는 시대다.

인공지능을 써서 자동화 무기를 만들고, 신용도 평가나
고용정보를 왜곡하거나, 국제 사회에 대량 학살이나 난리를
일으킬 일을 예방하는 법률이나 규정을 제정해야 할 것이다.
정부와 산업계에서 힘을 합해 관련 법령을 마련해야 할 것이다.

이런 일을 계속해서 연구하고 슬기롭게 해결하기 위해, MIT의
슬론 경영학원과 컴퓨터 과학/안공지능 연구소 CSAIL이
주재하는 6주간의 원격 강습회에 3,200달러를 내고 참가했다.

MIT CSAIL 온라인 강습회

1. MIT CSAIL 온라인 단기 과정

2019년 8월 14일에 시작하여 6주간 계속되는 인공지능AI에 관한
영문판 온라인 단기 과정인 MIT CSAIL*에 참가하기로 했다.
이 과정에서 GetSmarter**가 제공하는 온라인 서비스를 쓰게
되었다. GetSmarter의 서비스를 통해, 교수들의 강의를 듣고,
좋은 성적을 내기 위한 권고, 조언, 논평을 들으며 진도 관리와
평가를 받을 수 있었다. 토론의 자리도 마련되었고 550명의 전
세계 참가자와 좋은 아이디어를 나눌 수 있었다. MIT CSAIL는
AI 과제를 제시하고 잘 완성할 수 있게 도와주었다.

첫 주부터 여섯 번째 주까지 강연을 통해 제시되는 과제를
소화해 나가야 했다. 전 과정을 통해 MIT교수들이
영어로 강연을 하는데, 이를 비디오로 내려받을 수 있고
녹취록transcripts을 내려받아 읽어 볼 수도 있었다. 첫 주는
참가자의 이력을 제출하고 몇 편의 비디오를 보고 과정에 관련된

---

*   MIT CSAIL: MIT Sloan School of Management/MIT Computer Science
       and Artificial Intelligence Laboratory.

**   GetSmarter TM: 2U inc.의 등록 상표, 세계 유수 대학교에 제공되는 온라인
       단기 과정 운영 시스템.

서류를 읽는 것으로 지나갔다.

첫 모듈Module에서의 과제는 약간 힘들었다. 참가자가 선택한
기관이나 조직에 학습내용을 적용할 전략적 목표와 계획에 대해
기술해야 했기 때문이다. 본인은 은퇴한 경영자로 시와 소설을
쓰는 사람이라, 고민 끝에 한국의 복지 사회 건설에 도움이 되는
기관을 선택하기로 했다. 또한 이를 통하여 알아낸 내용으로
이 기관 외에도 확대 제공하여 인공지능의 원가절감, 차별화,
집중화 기여도를 확충해 보기로 했다.

과제물 제출 기일을 지키기 위해, 한국의 치매 사업 기관에 관한
간행물과 연구논문을 읽고 현상파악을 했다. 한국 정부와 유관
기관의 웹페이지를 검색하면서 첫 주 과제물을 일주일 동안
작성했다.

이 단기 과정은 재미있고, 신나고 도움이 많이 되었다. 성공
관리자와 지원 팀은 질문에 바로 답을 해 주었다. 참가자가
분임조를 만들어 토론하게 만들고 과정에 참가한 모든 사람이
함께 의견을 나누었다. 이렇게 해 나가면, 여기에 본인이

선택한 기관에도 도움이 되는 결과를 얻어내고, 나아가서는
인간과 로봇이 함께 일해 나가야 할 2050년에 대한 오래된 소설
구상에도 큰 도움이 될 것을 확신하게 되었다.

2. MIT 온라인 과정의 모듈 2

2주간, 머신 러닝에 관한 비디오 강의를 듣고 참가한
학습과정에서 제공된 자료를 정독精讀했다.
모두 열심히 공부하고 활발하게 의견을 나누면서
자기가 생각한 것을 참가자들에게 알리려고 애썼다.

머신 러닝에 대한 새 사실을 알게 되면서 흥분했다.
매일 기계가 일하는 법을 배우는 방식을 이해하려고 애썼다.
성공 사례가 많아서 우리가 선택한 기관에서 비슷한 일을 할 수
있겠다고 생각하게 되었다.

각 모듈마다, 숙제를 풀기가 쉽지만은 않았다. 세계적인 치매에
대한 정보와 자료를 수집하기 시작하고, 강의내용이나 수집한
기사 내용을 잘 읽어보고, 강연 참가자의 의견을 읽어 나갔다.

머신 러닝을 활용하는 법을 열정을 다하여 찾아 나갔다.

3. 절반까지 끝내고

MIT의 온라인 강습회는 시간이 꽤 긴 과정 같았다.

그런데, 강의를 듣고 자료를 읽다가 보니 3주가 쉽게 지났다.

세계 각국에서 550명의 온라인 참석자가 이메일로 느낌을 서로

전했다. 다들 회사를 키울 수 있는 지위와 역할을 갖고 있었다.

매주 주어지는 과제를 해 내려고 모두들 벌 떼처럼 달려들어

각자 전략과 전술을 짜 나갔다. 원가 절감, 경쟁에 이길 차별화

전략, 그리고 한 가지에 집중하는 힘을 기르는 일. 이 세 가지가

참가자들이 만드는 행동 계획에 반영할 핵심 사항이었다.

교수님들과 성공 지원 팀이 도움이 되는 지도를 해 주었다.

인터넷에 게재된 많은 성공 사례를 소개해 주면서, 각종

데이터베이스에서 발췌한 기술자료와 정보를 제공했다.

인공지능을 알아야 살아남을 수 있다고 강요하지는 않았다.

이 세상과 인간을 창조하신 뒤, 하느님께서 편히 쉬셨다.
강습회 참가자도 과제물을 제출한 수요일에 편히 쉬었다.

4. 감사합니다. MIT Sloan School과 컴퓨터 공학 AI 연구소

인공지능의 온라인 강습회에 등록하고서, 신이 나서
온몸이 짜릿했으면서도 걱정이 앞섰다. 경영학과
컴퓨터 공학 학습을 하는 부담을 감당할 수 있을까 하고.
교수들, 지원팀, 참가자들이 온라인으로 강습을 받았다.

인공지능 적용 대상으로 한국 치매 센터를 선택하고,
이 끔찍한 질병에 대한 보고서와 자료를 수집해서 읽었다.
환자 보호에 관한 사항 외에는 경험이나 지식이 없었는데,
입수한 안내 책자에서 많은 것을 찾아내려고 열심히 읽었다.

머신 러닝, 자연언어처리, 로봇에 대해 알아가면서.
치매에 대해서도 동시에 공부해야만 했다. 이렇게 익힌 짧은
지식으로는 의사선생님들을 따라갈 수는 없겠으나,
인공지능으로 그분들의 수고와 고통을 도울 수 있었으면 했다.

6주간, 강의와 지도 지침을 소화해 나가느라 고생이 많았다.
교수님들과 성공지원 팀이 정성껏 친절하게 우리를 도우셨다.
주마다 온라인으로 새로운 주제를 주었는데, 무엇보다도
GetSmarter가 일일이 챙겨주는 지원 서비스가 고마웠다.

반세기 전에, 엘지 화학의 전산실을 만들면서, 시스템을
잘 짜는 법을 알려고 일본으로 출장했었다. 삼십 년 전에는
한국 최초로 시스템 통합업을 시작했다. 그때엔
EDS같은 세계 제일의 시스템 통합업체에게 배울 수 있었다.

혁신을 위해 인공지능을 쓰는 방법을 배우려 강습회에 참가했다.
개혁을 하려고 시스템에 손을 대면 이해 관계자가 싫어하고
저항하는 것을 겪는데, 이번에 인간과 기계가 동반자로 일하게
할 길을 찾게 되니 참으로 기쁘기 한이 없다.

2014년에 호킹Stephen Hawking교수가 BBC 기자에게
경고를 했다. "인공지능으로 인류의 멸망이 올 수 있다"고.
공상적인 작품을 보고 공포에 빠진 적도 있었다.

터미네이터나 우주전쟁에서 무서운 속도로
모두 파괴하는 것을 보고.

강습을 통해 인공지능에 대하여 알게 되면서 차차 걱정이
사라졌다. 인공지능은 창조적인 사람과 고속처리능력이 있는
기계가 함께 일할 수 있게 만든다. 마침내 집단적 지능collective
intelligence의 뜻을 알게 되었다. 사람과 기계의 협업이라는 것을.

어려운 일에 도전하더라도 탄탈로스Τάνταλος처럼
턱까지 차오르는 강물에 서서 물도 못 마시는 일은 없어야 한다.
프로메테우스Προμηθεύς처럼 불을 훔치지도 못할 것이다.
판도라Πανδώρα의 항아리에 남은 희망에만 의지하고 일하는 일이
있더라도.

5. 인공지능과 양자量子 컴퓨터 Quantum Computer
20세기 말에서 21세기 초, 10년간에 인터넷과 스마트폰으로
대개혁이 일어났다. 2020년에 들어서자 마자 인공지능과
양자 컴퓨터로 또 하나의 기회가 생기고 있다. 기계학습,

자연언어처리, 로봇 등, 인간과 기계가 함께 일할 수 있게 되어
간다.

인간과 기계의 협업에 사람들의 기대치를 만족시키지 못하여,
두 번이나 볼 일 없는 시절을 보내게 되었다. 무어Moore의 법칙에
따라 반도체가 18~24개월에 2배로 성능이 개선되어 인공지능이
힘을 쓰게 되었다.

인공지능을 써서 사람들은 데이타베이스에 있는 방대한 자료,
빅 데이타big data를 분석하여 생산, 공급, 유통, 의료, 투자 등의
활동에서 결함, 변화, 진행 상태를 예측할 수 있게 되었다.
실시간으로 파악하려면 초고속 계산과 데이터 처리가 되어야
한다.

그런 작업에 쓰기 위해 양자 컴퓨터를 활용할 수 있다.
"구글의 양자 컴퓨터가 최신 슈퍼컴퓨터 서미트Summit로
일만 년이 걸리는 계산을 3분 20초에 해낼 수 있다."고

---

* https://www.technologyreview.com/f/614416/google-researchers-have-reportedly-achieved-quantum-supremacy/

139

파이낸셜 타임즈Financial Times가 보도했다.

혁신적인 대변혁에는 항상 찬반이 따르게 마련이다.

세계2차대전 시에도 사람들은 둘로 갈라졌었다.

정보화 시대가 시작될 때에도 받아들이지 못하는 사람이

많았고, 인터넷이나 스마트폰도 기피하는 사람이 더러 있다.

2019년 9월 제출 보고

A. 치매 진단

미국 알츠하이머협회에 따르면 "알츠하이머Alzheimer병은
치매환자의 60~80%를 차지한다." 그 다음이 파킨슨Parkinson
증후군이나 뇌혈관 치매 같은 루이Lewy 신체 치매다. 이 병은
그 진도에 따라 서로 다른 약이나 치료법을 적용하기 때문에,
환자가 어떤 치매를 앓고 있으며 그 진도가 어디까지 왔는지
알아보는 것이 중요하다.

B. 치매에 적용할 머신 러닝

어떤 목적과 효과를 기대하는지 먼저 확인해야 한다. 다음과
같은 항목과 달성해야 할 목표를 제안한다.
치매의 종류와 단계에 대한 정확한 진단을 위한 증상
적절한 치료와 처치에 대한 권고 사항과 효과
환자의 만족도, (여론조사와 질의응답에 의한)

---

*   Alzheimer Association: 225 N. Michigan Ave. Floor 17 Chicago, IL 60601
      https://www.alz.org/about, Sept. 1, 2019

환자가 겪게 될 위험이나 어려움에 대한 통지 또는 경고

감당할 수 있는 범위 내에서의 치료비 지출을 위한 조언

환자의 평상시 생활이나 사회 복귀 횟수의 증가 방안과 효과

C. 머신 러닝에 필요한 입력 자료

치매에 머신 러닝을 적용하려면 다음과 같은 자료나 정보가 정형 데이터나 비정형 데이터를 막론하고 필요하다.

· 치매환자의 신상정보 (연령, 성별, 유전자 정보, RNA 표시 정보, 가족력 등)

· 치매환자의 생활정보 (직업, 취미, 임상 자료, 두뇌/생물/행동 정보, X선 영상과 소견, MRI. CT, PET, 뇌파 등)

· 치매 증상 (대소변 행위, 건망증, 일상 작업 수행 장애, 언어 장애, 시간과 장소 판별 불능, 판단력 부족, 사물 경로 망각, 물건을 잘 못 두는 것, 기분이나 행동의 변덕 등)

D. 머신 러닝 적용시의 인간의 역할

머신 러닝에 있어서는 기계가 적용 과정에서 학습을 하기 때문에
특별히 프로그램을 짤 필요는 없으나, 기계가 파악하기 쉽게
데이터를 정확히 정의하고 분류해서 라벨을 붙이기 위한 설계를
할 경험이 많은 데이터 분석가가 있는지 여부가 머신 러닝의
적용 성공에 관건이 된다.

E. 머신 러닝을 효과적으로 사용하려면

머신 러닝을 적용하려면 대량의 데이터와 정보를 고속으로
처리하기 때문에 클라우드 컴퓨팅과 5세대 통신망이 필요하다.
구글의 클라우드 머신 러닝 엔진이나 아마존의 머신 러닝,
Accord NET, Apache Mahout 등이 제공하는 도구를 시장에서
구입할 수 있다.* JavaScript와 함께 쓰기 쉬운 Python이나 C++

---

*   20대 우수 머신 러닝 소프트웨어 (MEHEDI HASAN추천) https://
www.ubuntupit.com/top-20-best-machine-learning-software-and-tools-to-
learn/

같은 언어도 쓰면 도움이 될 것이다.[*]

* GitHub: 최우수 10개 머신 러닝용 프로그램 언어 (Nick Heath 추천) https://
   www.techrepublic.com/article/github-the-top-10-programming-languages-
   for-machine-learning/

권고 사항

A. 조직적인 제도 도입

1. 콜 센터와 챗봇

환자가 치매 지원 센터에 스마트폰으로 응급 지원을 요청할 때, 챗봇Chatbot이 음성을 인식해서 환자의 정신 상태를 분석하고, 자연언어 처리NLP를 써서 자동으로 응답을 하여 환자의 신뢰를 확보해야 한다. 마땅한 응답이 자동으로 제공되지 못할 때에는 담당자에게 연결해서 인간이 보좌하도록 만든다.

2. 자료 수집의 자동화

입력할 자료가 자동으로 수집되는 것이 좋으니, RFID, IoT, 스마트폰, 카메라 등을 사용할 수 있도록 하는 것이 좋다. 스웨덴에는 팔에 마이크로 칩을 주입해서 활용하는 사례도 있다.

3. 치매 환자 돌보기 시스템의 운영

환자에 관한 건강정보를 수집하고 갱신해 나가는 것이 환자 돌보기 시스템 성공의 관건이 된다. 의사나 간병인이 의료보험 제도와 병원의 전자식 의료정보기록HER을 이용하여 최적의 치료와 약물 처방을 할 수 있게 되어야 하겠다.

4. 로봇

사람을 닮은 고가의 로봇은 사치스럽다.* 연락용 로봇, 수면 지원 로봇, 알렉사Alexa와 같은 구글의 도우미 로봇은 큰 도움을 준다. 치매 센터 환자와 직원을 위해 이런 것 가운데 선별해서 쓰면 된다. 한국의 KIST 로봇 연구소도 로봇을 많이 개발했다.** 2017년에 CURACO가 배설 지원 로봇을 개발해서 공급하고 있는데, 이는 소형 비데 자동 배변 지원 시스템이다.*** 장차

---

*   열 가지 최상급 로봇 https://www.youtube.com/watch?v=u3vdgJVyKeg Sep. 14, 2019

**   https://www.kist.re.kr/rmi/user/research/research02

***   http://curaco.co.kr/blog/portfolio-items/curaco-smart-bidet-automatic-toileting-aid-system-curaco-inc/?portfolioCats=9

텔레파시나 뇌파로 조종하는 로봇도 나올 것이다.

5. 사람과 기계를 감독하는 시스템

사람과 기계가 인공지능으로 많은 분야에서 협업을 하게 된다.
이를 잘 감독하기 위해 겟스마터GetSmarter 같은 시스템을 쓰면
도움이 된다. 의료는 인간의 질병을 다루니, 개인의 정보나 의료
기록은 랜섬웨어ransomware나 피싱fishing에 의한 해킹hacking 대상이
되기 쉽다. 그래서 EDREndpoint Detection & Response*같은 엄격한 보안
시스템도 필요해진다.

*   https://resource.elq.symantec.com/LP=6489

B. 바람직한 미래

1. 원가 경쟁력

챗봇Chatbot을 쓰면, 서비스를 적시에 염가로 제공할 수
있게 된다. 한국인이면 모두 의료보험 대상이기 때문에
전자의료정보HER를 검색하여 데이터베이스를 쉽게 구축할 수
있다. 클라우드 컴퓨팅을 쓰면 인공지능 도구와 소프트웨어를 쓸
때 정보통신 장비를 사용량에 따라 비용을 내며 활용할 수 있다.
인공지능 기술자와 데이터 분석가를 중앙에 모아 이용하면,
이중 경비 지출이 절감될 것이다. "클라우드 로봇Cloud robots"*은
클라우드 컴퓨팅을 중앙 제어용으로 써서 로봇마다의 장비를
줄일 수 있어서 경비 절감을 할 수 있다.

---

*   https://www.huawei.com/en/industry-insights/outlook/mobile-
broadband/xlabs/insights-whitepapers/GTI-5G-and-Cloud-Robotics-
White-Paper

2. 차별화

클라우드 컴퓨팅으로 환자나 연구 대상자의 빅 데이터를
축적하고 머신 러닝으로 의료 효과를 시뮬레이션simulation하게
되면, 치료방법의 개선을 도모할 수 있을 것이다. 그뿐 아니라,
운동, 게임, 노래하기, 간단한 대화 나누기 등의 적용 효과를
인공지능으로 측정할 수 있게 된다.

루이 신체 치매나 뇌혈관성 치매에 다빈치Da Vinci 같은 로봇으로
수술을 할 때도 있다. 필요에 따라 IBM의 왓슨 연구소 Watson
Lab에 용역을 주어 우울증 관련 신경요법을 받을 수 있다.*
몬테 칼로 법Monte Carlo Method에 의한 딥 러닝deep learning이나 회귀
모델로 병의 변화를 예측할 수 있다.

드론drone 같은 운반 로봇이 음식이나 일용품과 약을 환자에게
시간 맞추어 배달해 준다. 코치를 하는 로봇은 열심히 땀을
흘리며 운동하는 환자를 지도하고 격려해 줄 것이다. 창고에서
물건을 찾아서 운반하는 로봇이 약과 물건을 갖다 준다. 수면용
로봇은 렘Rem 상태를 분석해서 숙면할 수 있도록 돕는다. 배변

---

*　　https://sites.google.com/view/watsonlab/research

도우미는 환자의 오물을 깨끗이 씻어 준다.

모두 더러운 일을 하기 싫어하는 인간을 대신해서 일한다.

3. 중점 사업

먼저 치매환자와 치매 의심 환자를 다룰 인공지능 작업을
중점적으로 개발하게 된다. 한국 치매 지원 센터의 인공지능
적용이 성공하면, 다른 나라에도 외국인과 의사소통이 될 수
있게 자동 번역 프로세서를 써서 서비스를 확대할 수 있게 된다.
또한 이 시스템은 다른 의료시스템, 재활지원 센터, 유치원 및
육아 시설에 확대 적용할 수 있을 것이다.

C. 관련 기술과 참가자 자격

1. 참가자의 역할

지도자와 의사 및 센터의 직원은 한국과 세계가 필요로 하는
치매에 대한 국가적 책임을 완수한다는 사명감으로 활동에
적극적으로 참가해야 할 것이다.

전자 치료가 법으로 규제되고 개인 비밀 보호 때문에 의료정보의 공유활용에 제한이 있는데, 국회에서 관련 법규를 검토해서 개정해야 한다. 의료계의 지도자와 인공지능 적용을 시도하는 사람들 사이에 뜻이 맞아야 한다. 그러면서 기업 그룹이나 벤처 기업이 인공지능에 투자하도록 권유해야 한다.

보건복지부는 제안하는 모든 프로세스에 대해 예산 뒷받침과 프로세스 진도 파악을 할 직원들을 배치하면서 지원해 나가야 한다. 보사부 장관은 적어도 분기에 한 번은 대통령에게 보고하고 언제든 필요할 때에는 국민들에게도 알려야 한다.

2. 사업 전략과 IT 전략

한국 치매 센터의 각 지원 센터가 인공지능 관련 장비를 함께 써서 비용 절감을 할 수 있게 하는 것이 좋다. 로봇이 사람들이 꺼리는 3-D 노동을 대신 맡게 된다. 아직까지는 불치병으로 생각되는 치매치료법이 잘 개발되면 전 세계가 칭찬을 해올 것이다. 인간과 기계가 협업을 잘 하게 만들면, 인공지능에 대한 걱정이나 두려움이 깨끗이 씻어 없어질 것이다.

3. 기술적인 검토사항과 요건

여러 가지로 문제가 많지만, 인공지능의 숙련 기술자가 부족한 것이 문제가 된다. 그래서 미국, 중국, 캐나다 등지에서 전문가를 고용할 필요가 있다. 2019년 9월 11일에 소프트웨어 연구소 소장 박 현제 박사가 말했다. "한국은 산업계에서만 2019년에서 2023년까지 19,800명이 필요한데. 1,600명밖에 공급할 수 없어서 18,000여 명이 부족하다. 인재 부족인 이런 생태에서는 세계적 경쟁이 어렵다."[*]

---

[*] AI powerhouse talks] "High-level manpower and practical manpower are not enough ... should be invested steadily" http://www.zdnet.co.kr/view/?no=201909100847593 AI Graduate Officers, etc. Attend ..."Fulfilling Mathematics and Science Education" By Nam Hyuk-Woo Enter: 2019/09/11 15:59-Edited: 2019/09/12 09:00 Computing

MIT
MANAGEMENT
EXECUTIVE EDUCATION

29 October 2019

Confirmation of Program Completion | Youngtae Kim

To whom it may concern,

This letter serves to confirm that **Youngtae Kim** successfully completed the MIT Sloan Artificial Intelligence: Implications for Business Strategy online program, delivered in collaboration with online education company, GetSmarter.

Youngtae Kim completed the entire **August 2019 - October 2019** presentation of the program and fulfilled the requirements to complete the program. Please see the table below that outlines the modules covered:

Module	Result
Module 1: An introduction to artificial intelligence	Complete
Module 2: Machine learning in business	Complete
Module 3: Natural language processing in business	Complete
Module 4: Robotics in business	Complete
Module 5: Artificial intelligence in business and society	Complete
Module 6: The future of artificial intelligence	Complete
Final Result	Complete

Regards,

Peter Hirst

Peter Hirst
Associate Dean, Executive Education

MIT CSAIL 온라인 강습회 수료증

메타버스, 거대가상공간巨大假想空間

1982년 이래 처음에는 문자를 써서 이메일이나 정보
교환하다가, 사진과 비디오를 빛의 속도로 주고받았다.
멀리 있는 사람이나 시차가 있을 때에도 상관없이.
VR, AR, XR 등이 발전하여 가상세계가 보태어졌다.

거대 가상공간에서는 어디서나, 과거의 어떤 시점으로나
현지로 여행할 수 있게 된다. 다른 사람의 아바타와
얘기를 나누며 증강현실AR로 모든 건축물을 살펴
구석구석 후미진 곳 찾아 고치게 주문할 수 있게 된다.

인기있는 옷을 만드는 의상발표회에서 컴퓨터로
출품된 옷의 색깔, 옷감, 디자인을 바꾸면서 심사한다.
가상현실VR로 의사의 두뇌 수술을 실습하게 하고,
당찬 군인들이 복잡한 무기를 다루는 훈련도 해 준다.

메타버스의 디지털 공간에 각종 기기로 마음대로
들어갈 수 있게 되었다. 그 공간이 공동 사용하는 곳이라.
전 세계에서 이 온라인 공간에 들어 갈 수 있게 되었다.
3차원 컴퓨터 그래픽3DCG으로 각자의 아바타를 만들면.

3차원 메타버스에 있는 땅 주인은 건물을 지어, 유통되는
대체불가능 토큰NFT을 받고 토지를 팔 수 있는데,
이 토큰으로 땅만이 아니라 건물이나 명품도 살 수 있어,
주택을 포함한 부동산 시장을 새로이 열 수 있게 된다.

각자 기호에 맞게 아바타를 만들거나 골라서 메타버스
작업장에 참가하여, 돌아다니며 음성이나 몸짓으로
의사표시하여 회의에서 멋지게 결의를 할 수 있게 한다.
마찬가지로 교실에서도 학생들을 슬기롭게 가르친다.

그렇지만 VR 헤드폰인 오큐러스 퀘스트 2도 머리에 쓰긴
너무 무겁다(503g). 안경처럼 간편한 걸 개발하면,
가상현실은 훨씬 빠르게 성장할 텐데. 보안경 고글을
쓴 사람이 지금의 거북한 장비보다 잽싸게 다닐 것인데.

2021년 10월 28일에 페이스북의 커넥트 행사에서
페이스북이 "메타"를 "새롭게 중점적으로 추진하여
사람들이 연결되고 조직을 살리고 사업을 키울 수

있게 도울 것임"을 상징하는 말이라고 발표했다.

마크 저커버그 회장이 메타가 초월한다는 뜻이고
버스는 우주를 의미한다고 커넥트 21에서 설명했다.
메타플랫폼을 페이스북, 인스터그럼, 워츠앱의 모회사로
소개하면서, "메타"는 우리 비전을 뜻하는 단어라고 말했다.

"여러분이 생각해내는 무엇이든 거의 다 해낼 수 있습니다.
친구와 가족들과 함께 일하고, 배우며, 놀고, 사고, 만듭시다" **
"전력을 다하겠습니다. 함께 합시다. 미래는 생각할 수 있는
모든 것을 뛰어넘은 곳에 있습니다." *** 그렇게 끝을 맺었다.

닐 스티븐슨이 1992년에 과학소설 "스노우 크래슈,
눈사고"에서 메타버스라는 말을 처음으로 썼는데,

*   https://www.gccbusinessnews.com/facebook-is-now-meta-reflects-its-
     metaverse-ambitions/

**   창업자의 편지, 10월 28일, 2021 년
     https://about.fb.com/news/2021/10/founders-letter/

***   상동

그 뒤로 기업들이 플랫폼과 도구를 시장에 내놓았다.
많은 기술 업체들과 NVIDIA-O표niverse, Microsoft-Mesh,
Cisco-Webex Hologram, Facebook-Horizon, Decentraland,
등등.

ISO, IEEE 등 세계 표준 기구도 각종 표준을 제정했다. 다들
선호하는 메타버스로는 오아시스가 있는데, VR 헤드폰과
컴퓨터에 연결된 장갑을 쓰면 대규모 다중 온라인 롤플레잉
게임*과 게임의 사회 공동체를 써서 들어갈 수 있다.

한국도 이런 추세에 참가하여 기성과 신흥 업체, 학계,
연구소가 힘을 합해서 메타버스 공동개발을 시작하고
있는데, 웹 거인인 네이버나 대기업 현대도 들어있다.
한국의 과학기술 정통부와 함께 일을 추진하고 있다.

한국메타버스연구원 최재용원장 같은 전문가들이 한국
메타버스의 오픈 표준을 제정하고, 부작용이나 법적 문제

---

* MMORPG: Massively Multiplayer Online Role-Playing Game
  롤플레잉 개임과 대규모 대중 온라인 게임이 결합된 비디오 게임

대책을 강구하면서, 회의나 경진대회를 열고 콘텐츠나
서비스 개발자를 워크숍을 열어 육성하고 있다.

메타버스가 인기가 올라 거의 열광지경이 되면서
걱정이 되는 것이 있는데, 잘못된 정보의 확산이나
개인 비밀의 노출이다. 소셜 미디어와 비디오 게임
중독으로 우울증, 걱정, 현실 사회에 대한 절망에 걸린다.

그래서 메타버스에 처음부터 안전장치를 마련해야 한다.
메타버스는 각자의 기호에 따라 가상세계를
건조하기 때문에, 자칫하면 왜곡된 콘텐츠로
사용자가 혼란을 일으켜 당황하게 만든다.

다 함께 살아가는 길

초판 1쇄 발행일 2022년 01월 07일

지은이 김영태
펴낸이 박영희
편집 박은지
디자인 어진이
마케팅 김유미
인쇄·제본 주손 DNP
펴낸곳 도서출판 어문학사
　　　서울특별시 도봉구 해등로 357 나너울카운티 1층
　　　대표전화: 02-998-0094/편집부1: 02-998-2267, 편집부2: 02-998-2269
　　　홈페이지: www.amhbook.com
　　　트위터: @with_amhbook
　　　페이스북: www.facebook.com/amhbook
　　　블로그: 네이버 http://blog.naver.com/amhbook
　　　　　　다음 http://blog.daum.net/amhbook
　　　e-mail: am@amhbook.com
　　　등록: 2004년 7월 26일 제2009-2호

ISBN 978-89-6184-987-6(03810)
정가 13,000원

※잘못 만들어진 책은 교환해 드립니다.